CAO TANG

有温度有质感的大唐风骨
有颜面有尊严的当代诗歌

顾　　问　吉狄马加

主　　任　梁　平　杨晓阳
副 主 任　张新泉　李　怡
编　　委　尚仲敏　姜　明　陈海泉
　　　　　赵晓梦　凸　凹　彭　毅
　　　　　李明政　千　野　李龙炳

主　　编　梁　平
执行主编　熊　焱

副 主 编　娜　夜　李海洲（特邀）
编辑部主任　桑　眉
美术总监　宋　早
责任编辑　周　轶
特约编辑　黄　舜
发稿编辑　吴小虫　林　栖　舒　展
责任校对　蓝　海　安　素

出版发行　四川文艺出版社（成都市锦江区三色路238号）
网　　址　www.scwys.com
电　　话　028-86361802（发行部）028-86361787（编辑部）
邮购地址　成都市锦江区三色路238号新华之星大厦 A 栋26F　610023
印　　刷　成都博瑞印务有限公司
成品尺寸　185mm×260mm　　开　　本　16开
印　　张　6.5　　　　　　　　字　　数　160千
版　　次　2023年09月第一版　印　　次　2023年09月第一次印刷
书　　号　ISBN 978-7-5411-6695-2
定　　价　15.00元

投稿 / 联系邮箱：ctsk2016@126.com
电话：028-61352760/86640163
地址：成都市锦江区书院西街1号亚太大厦7楼草堂诗刊社

图书在版编目（CIP）数据

草堂．第85卷 / 梁平主编．-- 成都：四川文艺出
版社，2023.9
　ISBN 978-7-5411-6695-2

　Ⅰ．①草… Ⅱ．①梁… Ⅲ．①诗集 - 中国 - 当代
Ⅳ．①I227

中国国家版本馆CIP数据核字(2023)第119314号

Contents
目 录

2023-09（总第 85 卷）

首座

古马
GU MA

古马，甘肃武威人，现居兰州。主要作品有诗集《胭脂牛角》《西风古马》《古马的诗》《红灯照墨》《落日谣》《大河源》《晚钟里的青铜》《飞行的湖》《宴歌》等，另有编著、合著多部。曾获《人民文学》年度诗歌奖、《诗刊》年度诗人奖、敦煌文艺奖、扬子江诗学奖等，被授予甘肃省德艺双馨中青年艺术工作者称号。

相似性（组诗）

◎古马

［燕 子］

一

燕子在河上飞

可以边飞
边脱衣裳
把影子
重重
叠放水面

穿上燕尾服
继承燕嘴
这是个不错的想法
可以悬壶济世

二

燕子穿柳
燕子穿雨
穿过一只白玉镯子
带来纤指

谢谢良夜
用燕窝捧上明月

三

燕子在河上飞
不带嫁妆
不带楼房

满楼满楼的霜
和冰雕的窗户里
哀怨的眼睛
统统不带

只带一把剪刀
把初旭的织锦裁作风帆

四

燕子飞到古寺
又折身飞向大河

身后断烟
残钟余馨
燕子耳朵太小

只听得进
大潮的插曲

一双鲤鱼喜极而泣
水下重逢
云外踏青

五

燕子教人写诗
衔泥筑屋
一嘴一嘴来
一字一句来

不教喝酒
身子一斜
酒杯一倾
风烟微醺
约会过的铁桥都要垮塌

六

燕子在河上飞
像眉毛在镜子里
深深浅浅

谁的眼睛
在水里望着你

谁的眉毛
在水里
舒展远山的青黛
为你祝愿

祝愿你扔掉落日的破镜
轻盈似燕子的双翅

高远如昆仑的星辰

七

一水招飞
两山送青

燕子矫健
看门诊
住医院
都不需要

但燕翅不能
换取病骨

燕翅殷勤
斯人心底的叹嘘
沉沉暮霭如何收割净尽

八

送你一把芹菜
捎带微雨

堂屋很宽敞
燕子衣裳很窄
说话很得体
和声细语

是要有教养
不管城里还是乡下
不管大小

送你
燕子的伶俐

[雪 霁]

乡下的雪
雪雾清新得如冻梨的水
融入热肠

一只母羊
拴在庄户外的闲田里
两只羊羔围绕身边
和母亲
一同咀嚼着玉米的秸秆

那种进食和反刍的声响
干爽、迷醉
如同三弦没有杂质的谐音
穿透了清晨的阳光
四野积雪更加沉静

松雪为障
祁连横断青海
坚守着清白
北面是累累坟茔
物是人非，在田畴
新雪的滋味始才渲染着新春的气氛
新人履迹一经踏践雪地已如陈醋麦酒

[凉州南城楼下]

南望祁连，匈奴的天地
皑皑积雪，被日月
翻译成青黛的松色和鹰的语言

鹰唳如号令
如穿透岩石的松根与闪电

在杂木河的上游分派支流
一对对巡逻春天的雪浪轻骑
从月夜，或清晨肃肃出发

雪拥青麦，浪入贤孝。
青麦地里埋着我祖先的骨殖
深情岂可言说，三春岂能报答
南城楼下，一把三弦仍在诉说着
《白鹦哥盗桃》的故事※

倾听的杏花从黑铁的枝条中
纷纷跑了出来像放学的孩童
像时间又退回到了年少

祖母和母亲还在等我
回家吃饭

注：凉州贤孝，是主要流行于以凉州区为中心的武威地区的一种古老的说唱艺术，多以三弦伴奏，《白鹦哥盗桃》是凉州贤孝的传统保留节目，宣扬孝道。

[相似性]

针尖明亮
缝纫机连续不断的走线声中
有蝴蝶，自母亲手下翩翩飞出

附身在缝纫机上
仿佛踩着一台脚踏风琴
双手在黑白琴键上弹奏

多么相似的一刻
春天的二重唱
由母亲用沉默的背影完成教学

缝纫机已成舍不得放弃的收藏
机头上留有母亲的手温
沉寂的只是死亡，母亲啊
你还在上一堂音乐课
蝴蝶每年还在故乡飞来飞去

唤醒花草的清香
和豆荚里阳光的笑声

· 创作谈 ·

诗中有人

诗中有人古马思无邪。诗言志，言士之心，"先天下之忧而忧，后天下之乐而乐"。"修辞立其诚"。我的写作观念不是先锋的，我属于在这个时代探索求新，但又时时"返回"过去的写诗者。《诗经》《论语》《庄子》《楚辞》、汉魏乐府、唐诗宋词始终是我获得写作力量和灵感的最重要的源泉之一。"壮不如人何况老，学除师古别无方"。

"创新是一个民族进步的灵魂"，这是一个提倡创新的时代，创新是前进和发展的不竭的动力，对诗歌而言，也是如此，但创新不是无中生有，不是凭空想象，应该是继承当中的发展。继承什么，怎么继承? 从这个意义上讲，我觉得我们依然可以从许多古代诗人那里得到诸多启示，"铠甲生虮虱，

万姓以死亡。白骨露于野，千里无鸡鸣。生民百遗一，念之断人肠"（《蒿里行》），曹操的诗时代性、人民性兼具，他也有爱民之心，悲悯情怀。"安得广厦千万间，大庇天下寒士俱欢颜"（杜甫），杜甫写一己悲欢，但更能推己及人。"雨中山果落，灯下草虫鸣"，王维诗中不仅有大自然的无限生机，更有不在而在的人，有人世珍贵如灯火的人们应该继承的优秀传统。

诗人眼界要开阔，既要善于向内看，又要善于向外看。向内观心，探索内心的真实；向外看世情，看自然，看生活中的变化。内外结合，眼界才大，才不局限于个人的杯水风波，才不浮于浅表。

谷禾
GU HE

谷禾，1967 年出生于河南，现居北京。著有《鲜花宁静》《坐一辆拖拉机去耶路撒冷》《北运河书》《世界的每一个早晨》《黑棉花，白棉花》等。

另起一行（组诗）

◎谷禾

[去石鼓镇]

野马分开怒涛，大水扬起鬃毛
金沙江至此，拐大弯
奔向来时方向——
那是笼盖四野之幕，神灵和雪山的居所

树冠流云，群峰跃踉
皱褶里的灯火，仿佛旧纪元的遗留
江风浩荡，风中端坐的
石鼓，静待着远道的擂鼓者

有人从茶马古道归来，以烧刀子灌溉孤独
也有人望见浪尖上的往生，继续负荆潜行

唯江水不息……它奔腾，喧哗
带走马蹄声碎，也带来投向落日的众鸟

[另起一行]

另起一行的泡桐，高过
屋顶和烟囱，向上
长成棺木，用以安放肉身。
另一些横过麦地，制成提琴，抚慰魂灵。

群山另起一行，生出峰顶。
大海生出更深的蓝。

伤口都愈合了，把所有疼痛
都留给遗忘。
你听过的音乐，唱过的歌，
交集的悲欣，都可以另起一行。

这尘世呵，多少另起一行，
才有奇迹诞生——比如
星星照亮正午，诗歌制止战争
另起一行后，就木的老人回到了母腹

时间从不等待任何人，太阳敲响了
另起一行的钟。万叶擂鼓，
又一个春天从冻土和石头里临盆。

[沙漠记]

一滴水渴死在沙漠里。
也可以反过来——
更大的沙漠，渴死于最小的水滴。

从数千里外，你看见它们
迎面相撞，发出咚的轰鸣
但没人看得清，哪一个先倒下去

更多的水，接着扑过来
以雨的形式，融雪的形式，河流的形式
消失在弥散的沙子里

据说塔克拉玛干沙漠地下
蕴藏着超过北美五大湖十倍的水
如果全部堆积在地面，地球上
所有沙漠，都将变成无边的蔚蓝

但人类还不曾放肆，漫长的时间里
他们还没有想好，如何在天空安置一座大海
如同万有引力和相对论的发现者
最后也把引力之源归于了最高的神灵

人类也有水的属性
隐忍，负重，一滴滴聚拢、汇集
却被一粒沙子窒息了呼吸

行走在茫茫沙海中
我们领受着，人的荒芜

[有一天，我们死去]

（仿尼古拉·马兹洛夫）

会有人悲伤，而更多人继续载歌载舞，
有人小心收拾好我们的骨头，交给火苗。
我们睡过的被，穿过的衣，因为留下
太多气味和印渍，一同被扔进燃烧的炉膛。

我们读过的书被收起来，字里行间
的笔迹，渐渐模糊成了遥远的旧时光，
而审判即将到来，从起点到终点，不放过
你走的每一步——即使你已灰飞烟灭。

容留过我们的房子，试图回想起什么——
它已重新修缮，家具全部更换，
成为新主的爱巢——他们想不到，
这所房子已和我们交融，墙壁里
有我们的呼吸，地板下有去远的脚步回声。

有人在我们身上种树、祭祀，挖掘，
有人从远方赶来，反复打扰和诘问，
泥土里长出青草野花，你的爱与恨，
生与死的隐秘，一切都像未了的诗

——时间终有一天会完成它。
在我们之后，人们读到它，为触摸到了
真理与善的微光，而深深地鞠躬。

[春风起]

万物轰鸣，向上生枝开花，
愈来愈接近东郊殡仪馆入云的烟囱。

那不绝的烟缕，为什么没有

因风吹改变了形状?
潦草的麻雀们，在烟缕里沉浮，
像一群丧乱的孩子，在反复穿越父亲的胸口。

[八月]

雨的鼓槌纷飞，玻璃碎成
一地珠玉，悲恸地滑落，
像一个疲惫的人，渐渐耗尽了力气。

这是云集了全世界的怨怒吗?
带着任性、悲欣、不甘、挣扎、沉沦，
砸向屋子里凝视的眼睛……

从前的旧时光里，更多的雨
也是这样子，落向一个人梦里梦外。

在今夜，你一人独坐于烛光深处，
看窗玻璃上波浪汹涌，
雨中的人形，一点点游向岁月尽头。

在两场雨之间，是老者在等着少年;
在两滴雨之间，一道闪电把皮肤揭开。

……这雨哦，继续砸向泥土的黑暗，
你坐在雨外，听雨打山河，无始，又无终。

[尽头]

"……在道路尽头
是无限的海洋
人类，几乎是万物的灵长——"

——这是我们
对世界的错误认知

你说，海洋里还有什么呢?
是更多鱼骨和石头吗?
被海水吞噬，把带给我们的困惑
加倍带给了任意一块泥土

宽阔，或荒芜
至今仍没有一个挖掘者
挖到地球另一面
追溯到海水的源头
我们的脚印之下，尽是留存的过往

进入量子时代，时空隧道
也被证伪了。"只有运动是唯一的，
它建构了宏观和微观的双重宇宙。"

——而真理，只诞生于
"一个杯子的破碎，
或者，两片嘴唇的触碰——"

爱的残片，像沙漠上的金字塔
对应着，古老天体的神秘运行

·创作谈·

关于诗歌和语言的随想

对于诗写者来说，从你写下第一行"诗"起，就已经无意识地开始了个人词汇库的建造，你在写作的时候，会习惯性地使用内存的词语去结构自己的诗。像月光、天空、原野、秋天、流水、暮晚、各种植物等等，因为根植于自然，天生带着丰富的象征和隐喻意义，会被更惯常地拿来，用以抒情、造境和达意。我们常说某某语感很好，大抵是指对词语恰到好处的使用，一是让词语去到它最应该抵达的位置，二是和其他词语间恰到好处的连接，从而产生词义和审美的溢出。也许你会说对词语的感知能力更多得自诗写者的天启，但优秀的诗写者绝不会止步于此，甚至把所有的诗写成了一首诗，而是极力脱开它看不见的枷锁，去寻找和发现更多被习惯认知遮蔽的表达，甚至粉碎它们进行重组。如何用最朴素和准确的词语，把事物的本质特征和诗写者内心的情感表达出来，几乎是诗写者一生的重负。

韩东早年提出"诗到语言为止"，于坚提出"拒绝隐喻"，在我看来，无不是来自诗歌写作过程中自我意识的觉醒对语言使用庸常化的警醒。我们把这种觉醒理解为使用语言的能力和自觉性的体现，它也是你跨越从"普通"到"优秀"的门槛。我极不喜欢那种抛开具体文本泛泛谈论语言的诗学批评。说到底，被抽象的语言只是远离诗歌的语言本身。

那么，诗歌和语言之间到底什么关系？是唇齿相依关系吗？还是产品和材料关系？诗是存在之物，但并不是放置在语言深处的某个地方，只要我们使用语言的锄头向深处挖掘，就可以找到它。当诗写者的词库完善起来，并形成了有特色的声音，人们会说这个诗人"成熟"了。我的诗歌写作年龄已经超过了三十年，但我仍然宁可做一个处于变声期的诗人，保持着词语库的持续更新和诗歌声音的不确定性。我相信诗歌是创造之物，是建立在现实之上的语言乌托邦。诗歌写作需要工匠精神，但诗人永远不可以只是工匠。

王学芯
WANG XUE XIN

王学芯，中国作家协会会员，中国诗歌学会理事。出版《双唇》《文字的舞蹈》《飞尘》《迁变》《老人院》《蓝光》等13部作品。参加第十届"青春诗会"。曾获郭沫若诗歌奖、《星星》年度诗歌奖、《作家》第三届诗歌奖、紫金山文学奖、中国诗歌网年度十佳诗集奖，和《诗歌月报》《十月》《扬子江诗刊》《诗选刊》《文学港》等刊物年度诗人奖，以及名人堂十大诗人奖。部分作品被译介国外。

一个人的城市（组诗）

◎王学芯

[独 饮]

自在入微
或一种尺度式的自应
独饮中　圆形的脸与圆形的酒盅相含
自如举止的自得其乐　飘飘然样子
气场即是感觉

此刻良宵
全世界都在为代价支离破碎
料峭的暖光湿漉漉一片
嗡嗡声里的人影　传到
眼睫边缘

空空的胃间烟雾缭绕
疑惑像是一道道会爬的藤蔓
在腹部之外缠结

这种境况
窗户里的树木沉静下来
不复戏剧性情节　感染性肆忿和裂肤的谵妄
刺激性的肉体液态
粘到稳定坐姿
如在愈合伤口

而尽废余词　渐离东一个西一个声音的指头
并在月圆那时　光晕舒展其时
眨眼的瞬间
终于
遇到了自己

[一个人的城市]

一个人的城市
突出的感应和飘扬的思想
带有一处方位　像感觉中的高高星云
所猜测的空间或街巷　几乎无法推演路径
只有门前一棵老石榴树的传说
像他身上一件皱巴巴的外套

一座城市
内化一个人呼吸和血液里沉静的声音
磨薄的灯晕在每扇窗户里遁于无形
大楼高过
仰视的山峦

他的四周
同样咆哮的喧嚣声响　注满车流的容器

像摇滚一样的水喉　嚎嗓此起彼伏
点燃着唾液的干裂火苗
嘶吼着日子

深陷其中　如同没过头顶的树丛
缀着灰白的叶子　鲜红的花朵
在视野的光线里怒放

一个人的城市
楼盘万万千千　公寓的墙壁上斑斑驳驳
一如他蓬乱黑硬的头发
支棱着环境　并视那些风一样的嘈杂
像月球上的荒凉山峦
紧闭着一扇
隐匿的窗子

[路 上]

很长的路尽头
有轮浮冰似的月亮高高悬起
植入了眼圈

像在清扫黄色尘土
揉和着风
地面光滑

觉得冷热和干湿
落到一个地方　同迈出的每一步
一起踏进整丛的花簇里

身影拉短
突然的三分之二行程倏地走完
附近渐渐朦胧开来

似乎说不出任何理由
只有预卜的脚
贴着尚未显现的、不计其数的窟窿

这样向前
同样的人与人　摩肩接踵
睁大了看不见的眼睛

很长的路
交织白天黑夜　神经性的阻滞
结为某种心理问题

半衰期过程
反复核算的趋近距离或间隔
总有一点点窘迫的困境

[漫步方式]

我喜欢自驾汽车满城闲逛
觉得这个时候才是一个真正的市民
可以自己掌控方向
替代重复步态
看到稳笃笃景象　妥帖　轻快
在树旁移动

我延续这种游历
往往朝方向盘后面一坐　就像在某个起点
形成一方直觉和格调
使把控的车速或密度　知道什么叫做回程
并在行驶的车辆中间
突击了机智　灵敏和平等的冷静
偶尔一次最珍贵的闪让
像是一声
默默的祝福

我就这样不断启发自在　实现自己的谦卑
在阳光或风雨中
与一种可能的明亮连在一起
脚加了动力
肩膀添了翅膀

· 创作谈 ·

诗歌的耐心

都在说不容易写好一首诗，或者说一首好诗必须达到罕见。我听到这种语辞，总会想一首好诗的问世，除了功夫在外的因素，实际内化中的诸多因素里，耐心更重要。

写诗的人往往满足一挥而就的状态。而我经历过的体验是：诗是一种体悟过程中的隐隐约约又倏忽闪现并触动自己内心的东西，是各种与心境和意象密不可分的含义，更是细微差别之间的筛选与比较，从这个原理来说，找到最恰当的词语，既是使命，也是责任，它催逼着我们以更好的天赋，或更诗的方式，达到一种品质。

诗不能稀释。从所思到所知再到传递，应该有一个较为漫长的锤炼流程。这流程我称之为"寂静的回旋"。也就是说，应该懂得怎样与一首自己的诗进行持久地较劲。荷尔德林说"语词如花"，那就必须让手中开出的花朵，在读者眼里绽放。

理想的状态是：尽快完成初稿，搁置一旁，让它被自己完全忘记或遗忘，然后再把它放在眼前，以最陌生化的目光审视立意、句式以及每一个词和字；同时设想一个瞪着眼睛看你的人，从他们的冷峻中看出什么是诗的、该保留的，什么是该删除或该补充甚至需要重写的。只有这样反复润色、修改，折腾自己，才有可能完成一首或被美称的好诗。

现代社会的节奏越来越快，而写诗，写出一首好诗必须越慢越好。

因此，一个写诗的人，每一行语言都要坐到读者的眼睛里去，使自己怎样从一个原创者变成一个内心的旁观者，这种视觉的转化，当有了类似紧闭双唇，不断搓动双手，或指甲深深嵌入掌心的感觉，直至掐痛为止的时候，或许才会显示出一点点价值。

诗歌的耐心，完全是个人化的书写态度。它既是一种劳作，那肯定是艰苦的，这正像打磨一件艺术品一样，从来不是简单的。

宋晓杰
SONG XIAO JIE

宋晓杰,生于辽宁盘锦。已出版各类文集二十余部。曾获第二届冰心散文奖、首届"紫金·江苏文学期刊优秀作品奖《扬子江》诗刊奖"、"第六届全国·散文诗大奖"等。曾参加第十九届"青春诗会"和"鲁迅文学院第七届中青年作家高研班"。2012—2013 年度首都师范大学驻校诗人。

白鹤南飞（组诗）

◎宋晓杰

[荒野中的半条船]

必定有一场摧枯拉朽的飓风
有撞击险滩的恶浪
折断桅杆的坼裂之声
必定有淫雨，从天缝儿里
泼——下——来——
必定有响鞭和尖锐的闪电
刺中它的心脏
必定有狼嚎，卷走苇海的草皮
必定有被掀翻的船舷、舱门
冲出来的一群野兽
必定有烈酒，血脉偾张的脖筋
高八度的喉咙
船舱外，必定有高挑的灯笼
像谁，信手捏碎的鱼泡儿……

荒野，这巨大的消音器
风暴止息，四野安详
"在夕阳的余晖下，
所有的一切，包括绞刑架，
都被怀旧的淡香所照亮。"
被撕裂的经纬，像不像拔丝的美食
纤毫毕现，逆着晖光

——作为无字的墓志铭
它必定咬紧牙关
倾斜着，支住摇摇下坠的
半个身体

[白鹤南飞]

两天前，正是立冬时节
在辽河入海口
观测斑海豹的朋友老田
发来图片：栖落于门头冈上的
白鹤，结队南飞了……

赤足、红唇的白鹤
黑白分明的白鹤
飞行时组成"人"字的白鹤
令作为人的我，汗颜——

我的翅膀，已经退化
坐地日行千百里，不过是自欺
苔草、荸荠等植物的茎块、叶芽
永远填不饱越来越大的胃口
甚至，我已不配穿素白的衣裙
顽固的黑斑、杂质太多

我也不及行于海上的旧船
像一头巨鲸，熟知生活的深浅
温柔地，舔着吃水线
它弧度自然的船舷
如铁青色的肋骨——
被风雨抛光，被海水腌制
再被晚霞镀上青铜
年复一年，终于熬成
胡子拉碴的老水手

我恐高、恐水
好好的一张海上行旅图

我却最先看到了吊在
缆绳间的救生圈
虚火升腾——它再次
捆绑了我，又"搭救"我
于水火之中

……目送。云云白鹤
孤悬于海天之间
像目送精神清洁的朋友
——瑞雪，纷纷飘落下来
无法移动之物
终于喘上了那致命的
一口气

[秋凉提前到来]

最先知道时间底细的
一定是紧贴地皮的植物
它们的直观表现，在于头顶细柔的茸毛
花木藤架上的葫芦、南瓜，就是这样
一两片叶子忽然就黄了，却不影响
月白、鹅黄的花朵，次第盛开
厮杀或掣肘，暗中较量

……凉风起于后半夜
树叶喧哗，正在商议大事
小恙，不得安生。我翻了个身
听到远处的暴雨滚滚而来
大地被反复淘洗，抽打

说"一叶知秋"是不够准确的
身体和大地一样，都是细敏之物
风吹草动背后，是幼兽旺盛
集结，沙沙地啃食最小的细胞

[流年……]

年过半百了。到了这个年纪
发生什么都是正常的
惊雷潜入草丛，雨水湿过地皮
洪水、大火，天灾人祸，晴天霹雳
都有可能发生
大惊小怪又能怎样
只需一捧冷水，摔到脸上
再献上发炎的瘦肩膀

河流，已穿过险滩激流
再往前，就是入海口
身边的熟人，一个个消失
像滴水，转瞬无影无踪
两个世界正以说不清的秩序
达成平衡
坍塌时有发生：急着赶路的人
代替谁，潦草地过完一生？
动用并不擅长的加减法
开始反省：我又多吃多占了啊……
这朴素的教育，比书本管用

几年前，我陆续把可有可无的东西送人
近来，常为那几架藏书忧心
暗中物色人选接管，刚要欢欣，转而沮丧
——若干年后，谁会与某页中的浪线
不期而遇，温习我曾经的心跳？
那些看不见的电流、脉搏
文明的火种……

——那时，我正在火星巡游
此刻，那个人尚未出生

·创作谈·

野风景

野风景，关键在于"野"。它没有经过人工改造、驯化，没有人类说三道四、动手动脚，所有呈现皆为天成——来自它与风雨雷电角力、搏斗后的洽切和解。它如一头巨兽，风吹芦苇，那是它静卧于大地，皮毛顺着风；斜阳高挂，那是它凝视的万物，被镀上青铜。

然而，野风景去了哪里？

多久了，退化的不仅是水草丰美的自然，还有众多领域的自然生态。沉船成为茶台，铁锚成为标本。孤悬的马灯在夜风中悠悠荡荡，把谁人怀想？风中的院门兀自拍打，是谁的手在翻动时光的册页？

每年，我都要去湿地看看。如奔马，在大地上松开四蹄，扬起长鬃。否则，心是空的，这一年约等于白过。当自然保护区的大门訇然洞开，光芒涌入。它没有手脚，却扑面而来；没有语言，却众声喧哗。

多年以前，家乡的红海滩彻地连天。登上拦海大堤的一瞬，人便木在那里。目力所及，海天之间，嫣红的锦绣铺向天边。惊叹、不解无济于事，所有的一切已然发生，万念俱灰的绝望——我第一次感到：美至悬崖，唯有绝望。圆拱的苍穹和无边的旷野，构成天地间隐形的消音器，我迅速地矮下去……摇曳的赤碱蓬，小小的，却织就超低空飞翔的巨大魔毯，为大地披上锦衣。锦绣之下，万物涌动。春天，野风景只要水、草，再给它点阳光就能孕育，鸥鸟就可以谈情说爱，双宿双飞。大鸟凝重如小型航母，小雀欢叫如丝篁试弦。秋天，它藏得太深了！呈现出来的，是丰富釉彩下的辉煌殿堂。

我是个理想主义者，但还不够勇敢和纯粹。那一次，为了在黑暗降临之前冲出曲折的苇海，与人世接驳，我终于迷了路。心慌——慌张的慌，加上荒野的荒……很快！便心软如棉。因为，我看到了人间烟火。

第二天清晨，飘渺的音韵。熟悉的笑脸。坚固的屋顶。但我又开始怀念荒野。我知道，这样的轮回无可避免。驿动的心是主人，需要旷野那么大的心房。敏锐的直觉是火种，在荒野中才能看见。

——我在说我，也是说诗。

青年诗人6家

宽 恕（组诗）

◎马泽平

【作者简介】马泽平，回族，1985 年生于宁夏同心，图书出版人。著有诗集《欢歌》《上湾笔记》，有作品发表于《诗刊》《人民文学》《草堂》《星星》《诗歌月刊》《扬子江》等。参加《诗刊》社第 35 届「青春诗会」。

[一个人]

一个人借着月光给自己磨制棺椁
磨年轻时的急脾气，磨中年的执念，仿佛自己
就是板材和铆钉
需要刀斧唤醒沉睡的魂灵
一个人活着，采集木料和布匹，给死准备着

一个人磨去生活中受过的委屈
磨去耳朵里的偏见、箴言，和鼻孔中的烟火气息
只把想带走的漆入空隙里
月亮整夜闪动寒芒，一个人抬头，擦掉汗珠
他还需要在卡槽和这世界之间补上一枚清晰的牙印

[宽 恕]

我对着镜子里的那个中年男人说
我想去死，三十多岁了
还没有活成自己想要的样子

窗外总是乱糟糟的
我对着镜子里的那个人怯懦地说抱歉
都已经做了父亲

还是不能忽略掉纷繁的杂音

我多么渴望，这世界，只小如此刻的窗台
鸟鸣像雨水一样
一声声，缓慢地、沉郁地滴穿藏在两肋之间的巨石

[过杨家峪杏林]
——给榆木

我只钟意旁逸的那枝
现在它沾了几点旧斑痕，像老人，独自在黄昏听钟声
穿透层林。甚至给人错觉
过去的雨夜里，除了生死，什么都没有发生
无数个六月都已接近尾声
但在山中，光线还足够指引一个人，拨开途中迷雾
必须得告诉你有那么几年
我曾以为雾只在心底
或者这里、那里，等等——我几乎无法确定的几个方位名词
我们舌苔上的青痕依然亮着
它提醒我们，去年夏天，词语擦伤的部分
还在尝试发出新的响动
而地点可能不是北京，可能是别的什么地方，比如我此刻提到的杨家峪
"可能我们真的对此一无所知"
空闲的时候就去听听另一种声音吧
尘世的风，还会再次吹过杏林，而时间
凋落在我们脸颊两侧的焦糖色
还会在裂纹中越陷越深

[有时候尘世只剩这一小块灰]

放下一个人，就是放下一个人长发或者短发的样子
放下她体内哲学的湖泊
黄昏时分，稻田、独木桥，和两三只蝴蝶

就是放下构成她的群山阴影
把美学概念还给电影语言
也无需剪辑，就让雨水在意识中，整夜下着

故事没有具体的年代，仿佛百灵鸟切掉了它的嗓音
以另一种方式生活着
而她曾经是这生活赖以发生的原始森林

放下一个人，就是摒弃一个人独立和可疑的部分
天色微亮就乘火车南行
是什么让意念中的世界闭上眼睛？只残缺地

像一个干净的白化病人
坐在泡沫堆叠、扭曲、翻涌的浪花里

[雪中南行]

他坐下来，打开背包，掏出书和墨绿色铅笔
又习惯性地读了十来页克莱尔·吉根
车窗外下着雪。几棵松树还没有发觉，自己正变成白色
要是有点阳光就好了（他知道这不可能发生）
或者哪怕有人在小桌板上放杯咖啡
焦黑的，浓郁的，空气中飘散着淡淡的苦涩味道
但这是一个崭新的冬天
雪才开始下，甚至还没有漫过河堤
他瞥了一眼整个车厢
空荡荡的，只有尾部才看得到戴眼镜的小个子男人
他继续读小说
"经过漫长准备的死亡，终于将一个人揪出泥沼"
他想，爱尔兰和火车上的冬天，也没有多少区别
而肤色和语言不同的人都活在小说里
哪怕已经有了美丽的妻子和女儿
也总会有某些时刻，陌生的旅途，难过得像碎玻璃

如何用身体认清了秩序（组诗）

◎曹 僧

【作者简介】曹僧，1993 年生于江西樟树。先后就读于复旦大学哲学学院、中文系，出版诗集《群山鲸游》《野先驱》。曾获三月三诗歌奖、年度新人奖、上海市民诗歌节·新锐诗人奖、香港「青年文学奖」、北大「未名诗歌奖」、复旦「光华诗歌奖」等奖项。曾参加 2019 年清华大学青年作家工作坊。

[海边图书馆]

湾山有褶，向上，顶楼归于海与西晒
健鸽停落窗台，闲隔双玻璃坠陷倦憩
忆海中的黑小丘，在沙滩上一遍遍冲浪
但不相见，或是冥冥预见于台风之吞卷
出港的轮船，低空中歪斜的滑翔伞
种种偶得都排他于海的自知，一片空静

每一分都在死。火的大蜗牛的爬行
悄慢，没有端倪就靠近，就让厅室充满
那代代卷握，越灰烬与黑冰而来的黄金
那无数人做过，而半醒中失指啜泣的梦
翻阅台上，大词典像待摸的大象舒摊
这未曾说出的，是何时刻已属于我？

[搓 绳]

当坐到松木椅子上的时候，我叹气，手中的栎叶
塞进炉灶，哎，锅底倒挂的草木灰被火焰撩动；
就像孩子的不自觉，木栅窗外的毛竹在微风中
发着无心的噪音。年轻的父亲说为什么呢，为什么？
从乡间厨房的一幕日常剧里，我们开始搓绳，

窗中略带青苔的木条是支点，坐在灶前的换他了，
脚边是一捆蓬松如虬菊的塑料扁丝。他粗糙的手指
捻起一根根不那么确定的小心思，它们本属于
几只用旧的蛇皮袋，从经纬中出走，乱了分寸；
那样捻着，就像博斯画里的魔术师。喜鹊在室外起哄，
苦楮树上有啄木鸟打鼓，总是还没来得及看清，
这根紧绷的细股就已经变长。我在绳子的另一头，
手上攘着镰刀，用内弯的刀头挑住，越退越远，
从厨房退到院中的廊棚下：季节轮换时它也曾颤动，
和绳上顽皮的力一样；哎，那些不知轻重的力，
有时是霰雪初降，在瓦片上噼噼啪啪，有时是暴雨
汇成水柱灌进已弃用的大缸，为子予建起幼年的乐园。
院子里曾经洗头、篦虱子、晾晒为数不多的书籍；
而我站着近乎无所事事，想着，在星空下擦洗的人
是如何用身体认清了秩序，像千百年前的人那样？
继续向后退，就从敞开的院子来到正中的大厅，
我看不到父亲了，但摸电的小秘密和无论怎样也不能
用昏睡度尽的炎热午后在等着；它两侧的房间
是生活用力想象的两端，像猫和老鼠的忘情追逐，
有多投入就有多盲目。我停下，犹如发现了回南天，
从大门往回望去，绳子颤颤巍巍更像一条蛇了；
我们的老房子，我记清了那刺痛的第一缕光。

[望 江]

去奶奶家时，堵在河上
窄窄的大桥，弯成一把拉满的弓
将我们的目光射向上游
袁河也有点窄窄的，不禁让人
想起舟船，和缓慢的旅行
正是湿漉漉的暮春——讨厌了有点
水草野长，擦拭着齐岸的船板
有人顺势入船，鞋帮上还粘着烂泥
我们的一位乡人，不晓得名字
略有盘算，但是善良而普通
这一幕岂不亲切？

又是另一天了。婚礼后的黄昏
赣江边。水闸封控着江水
下游，有人偷偷摸摸地撒网、垂钓
夕阳为宽阔的江面涂上成熟的果色
对岸的高压电线塔，像一根果柄
仿佛等着此岸的人将它提起
哪里还有竹篙，哪里还有马？
世界的一切都在变，偏偏
是这清澈的水如此平静。或许
人生代代，也都有这样的好光映照？
映照着两岸，映照着云天
和开始源源流入我们身躯的将来

[秘密花园]

梦里，花树的精魂轻轻叫醒我
一阵缥缈的风，钻过夏日的纱门

在我的失败之外，有一座秘密花园
那里，一位淡淡的朋友枝叶扶疏

生长在天台上，翩跹翻飞的叶片
是他谈天时蝶跃的目光，的确

我们谈得足够多，又谈得足够好
瓦罐里的花也歪过头来，为之欢悦

青苔长满了楼梯，湿润而又鲜活
像一些词已经战胜了另一些的殖民

四壁仍旧阻隔着外面，但倾颓着
土蜂从砖缝里钻出，在空中画圈

在导游：在我的落寞之外，有一个
陌生的我，看见草疯长、蛙呆坐

当恶魔启动巨大的转盘，当铰链
将压力向下传导而大地逐渐开裂

我有一座秘密花园，那里有藤
有花树的精魂，有记忆切割磁感线

[后来]

后来，我们像云一样散尽
破烂的鞋连着腿，堆满了郊区
被风，尘雾，和盐，一点点侵蚀
驾着马车的觅食幽灵，满载
碎了一地的往事，匆匆驶过星河
轮蹄碾压粒粒星石，发出微光与清响
也有旧时歌，隐约于四合
夜，是我们解体后化作的金属泥
在嶙峋的荒山上，危立的高架下
夜啊亲切的夜，无终亦无始地暗涌
偷渡的明月从神秘的节点升起
像一块磁铁，将我们的一部分悄然回收

梦的余温（组诗）

◎马青虹

【作者简介】马青虹，生于 1993 年，中国作家协会会员、巴金文学院签约作家。作品发表于《诗刊》《民族文学》《北京文学》《上海文学》《星星》等，出版有诗集《身体里的豹子》。

[大理暮色]

阳光消失在苍山的另一边
大理是一杯加冰的美式

时间酝酿出的红裹着
白色的墙体

天空在青瓦之上结霜
一层浅白色的失落

不知何时灯光已经亮起
整条街道溢满咖啡的温度

我依旧坐在长椅上
结着羞怯的冰晶
发酵成一朵六出花
它的另一个名字与聂鲁达相邻
大理就在它的花瓣上

[梦的余温]

故人入梦
我慵懒地调整睡姿
不愿彻底醒来
想不起来人是谁
像青春期的恋人
又像我亡故的父亲
甚至是我在农贸市场
买菜时擦身而过的顾客
看不清容貌
听不见声音
只安静地站在远处
带给我温和之感
这种感觉一直延续到
我察觉到眼角有一条
泪水干涸后的河床

[出 走]

我重复行走在同一条路上
穿着不同的衣服
领着不同的人
或者谁也不领
什么也不穿
独自。低着头
把心思沉进
石头、小草
哼着脑袋里突然冒芽的旋律
只在极少时候
我会推开门
走进那间没有主人的屋子

庭院中央放着茶几
和几张红漆椅子
茶杯还冒着热气
墙角的三角梅懒散地开着

[秋水仙碱]

父亲还活着
昨夜，他以高大的身躯
出现在我的梦中
那是他从未有过的样子
脸上撒满清晨的阳光
父亲还活着
他也曾这样出现在母亲的梦中
在梦境以外
父亲同我们生活在一起时
我怎么也想不到
那张凶巴巴的脸
居然可以挤出如此慈祥的形状
父亲还活着
他的疼痛还活着
以痛风的形式活在我的关节里
忌啤酒、海鲜、不吃豆制品
也许，我已不常记起他
就像只有疼痛时
我才想起角落里的秋水仙碱

投身以火（组诗）

◎黄清水

【作者简介】黄清水，生于 1990 年，福建省作家协会会员，天马诗社发起人之一。作品散见于《福建文学》《诗刊》《星星·散文诗》《诗潮》《长江丛刊》《诗选刊》《延河》《散文诗》《台港文学选刊》《回族文学》等报刊，获福建省第 35 届年度优秀文学作品奖。

[投身以火]

母亲一生总会与自己怄气，将怒火关进腹中
怒火在她的内心里焦灼地烤着，烘着
不休不止。这一生，母亲把自己的身体
快要烤干了，她永远这样瘦弱，好像顶着一副
骨架在人间行走，说话，做事，讲道理
她和父亲两人像两条平行的铁轨，直行、弯道、分岔
没有偏离既定的路程，他们准确且安然地
把我送达目的地，（我该怎样感谢他们呢？）
继续与我一同生活，走在小镇的拐角处，将一些
膏药贴在脊背处，又将一些白色红色绿色的药丸
一次次投进身体空洞的隧道里
好像一辆老旧的火车依旧需要煤喂养炉火
我有时听着他们在深夜发出的呼噜声，一阵一阵
像火车经过站台和隧道时的鸣笛
那像是在告诉远方近在眼前

[乡 音]

我以九百六十万平方公里的月色与你对视
向高山，向峡谷，向深深的盆地
一马平川的草原和平原，隆起伟大姿态的
黄河与长江致敬，致敬这一生低昂的感动
风在空中吹，马在地上跑
我的爱情是祖国版图的总和，我跋涉千里
不为与你见上一面，我来你的故乡
简单得只剩下陪你听谷物分蘖，万物拔节，积雪化作急流
失眠在方言里的叫声中

[外祖母的月]

直到现在，我仍不敢用手指月

指尖带有锋芒，一指月就缺一角

我不敢把外祖母留给我的月色
一点点割掉
再用下半月的时光
一点点去弥补
她在人间残缺的一生

[火烧云]

介乎火与死亡之间的一种色彩。像
祖父在世时为灶台里添柴
火光会把他癯瘦的脸照出更多的沟壑
我顺着嶙峋的柴火对比，祖父与柴火
最大的不同并不是瘦，而是同时拥有了尖锐的
信仰，比如他蹲坐在灶下，折断树枝
侧身投进灶炉里，那手势在伸出后
仍会僵持一阵，以示对被焚烧树枝的尊重
这是他在无形中教会我善待生命
并善待自己的一种法则。我看着沸腾的锅
冒起烟雾，如同天边滚烫的云朵
就快要熟了，我闻到风中裹来的母亲的饭香
这生活就是要这样想象，并蹚过
所谓生与死之间的一道鸿沟

[四 野]

草色衰竭。白云散漫。
祖父碑文上字迹开始接近枯草的颜色
真好的一天，青烟无风吹动
我来看你了——
二十三年，一辆火车也追不上的距离
北方的飘雪是爱人的吻，南方的风雨
是故人的脚印

可今日，晴好，你是不是未曾归来
未曾重新抵达你的另一具肉身

[叙述的一种]

夜失眠了——
百叶窗替我睁开眼睛，让夜色笼罩我身
书籍被翻开了第五十九页
有关生命的叙述，来自一杯苦咖啡
浓厚的香味，和廉价的芬芳
台灯上散发的光忧伤地落在黑字中间，仿佛
以此来撕开一个不同寻常的幻觉
常常问自己，停下脚步很难吗
没有得到回音，窗外的雨慢慢熟络起来
车开在水中的声音显得细碎且急切，近乎于
留声机所挽留的岁月，（久远年代里的
漂泊，过期的歌声一退再退，现在听见却异常
让人感到莫名的感动，好像心里的角落有一扇窗）
那时我明白了一个真理，或者说是谎言
故乡是一艘无依无靠，又在海上
日夜漂泊的船，不能返港
所以我看向了窗外也看向了自己五彩斑斓的梦
带着沙砾向我袭来

野行记（组诗）

◎邑粒儿

【作者简介】邑粒儿，彝族，四川泸定人，现居温江。四川省作家协会会员，中国诗歌学会会员，中国少数民族作家学会会员。作品发表于《散文诗》《草堂》《贡嘎山》《康巴周末》《甘孜日报》等，著有诗集《归零》《额上雪》等。曾获中国少数民族发展论坛实力诗人奖。

［恍 惚］

总有一刻，是处于恍惚的
我没有万古愁，也没有千吨雪
只有白日高悬
大风卷地，纷繁的人群
有的顺着激流放纵
有些逆流挣扎
我站在十字路口
仿佛在经历梦境
人群草木一样
左右摇摆，又如满地落叶
呼啦啦，呼啦啦
奔过来，跑过去
时而伏于脚下，时而又高过头顶

［雪 后］

空街无人
夜的疲态在一盏
路灯身上呈现
它闪烁不定，终于在我到达时
灭掉了
一片雪随即被震落
在面前散开，遁入
更深的空茫里

［雪 山］

阳光最先垂入的神境，除了敬畏和屏息
世俗的赞美都是多余

背阴的地方，是天地大画卷中的留白

雪山如一匹微凉的锦缎
刺入天空的蓝
也刺入湖水的蓝

扎溪卡，每一块山石如刀锋利
刃处的光，接近于雪的质地
也接近于一种清冽的温暖

我把自己交给这九重之上
几欲变成一个发光体
吹来的银白的风，一度明亮
一度苍凉

[田 园]

流水至此，敞开了内心
绿洲上，一只白鹭划出的光芒
打破了村落的幽静

油菜花开得肆意，它们捧出黄金
是对大地的信任
我喜欢木质的水之桥
能踩出好听的"吱呀"声
激起的涟漪扩散到无限

那些锦鲤从不在乎你是旅人，还是原住民
它们顺着水，与万物同眠
后来我走在搭石上，被流水惊醒
这流淌，这喧哗
其实是另一种静，接近空与明

我将自己耐心地完成（组诗）

◎陈雨潇

【作者简介】陈雨潇，生于1986年，广东省作家协会会员，诗歌、评论发表于《诗刊》《作品》《星星》《诗选刊》《诗潮》《诗歌月刊》《诗探索》等。出版诗集《微醺质地》。

[一 瞥]

抛出手中的石子向平静的海，
如此众多的荡漾，跳跃，
呼应人在尘世的孤独、疑虑、不安。

星辰，驮着缓慢的蜗牛在海天之间爬过，
黏液留下难以遮蔽的痕迹，勾勒出
被抑制的天性，与带刺的心事。

是爱，使一切跳跃，呼应。
这涟漪之心，从梦境反光的井口，向不确定的夜
喷射出数千个野火般的球状星团。

于炽热的苦楚中，
这样的崩盘、释放最终被谁宽怀？
星空生成浩大的创口，用它的缺损收存万物。

一个人在海边，接纳全部的荡漾，
就接纳了所有自我。望向星际，
一个人向灵魂动荡的深处，
投去惊奇而永恒的一瞥。

[丝状编织]

那些丝线，一再编织我。
眉心是一根，喉咙是一根，
不安的掌心一根，心脏一根。
这些线，有的由棉质与玻璃交织而成，
有的是萤火虫忽闪忽闪的金线。

它们穿过我时，
我的身体充满了蓝色泡泡，
膨胀着，撕扯着，疼痛着，
将我刺破，编织进一个庞大的丝状结构，
在一片颤动的蝶翼上，纵横交错，
覆盖向凌乱的人世和大海。

我将世界向它们倾斜，
带着正在生成的巨大惊异，
无数根线弯曲，从更多的身体中升起，
通往天空的臂膀，这纤长的羽翼
在疼痛中交织、起伏。

它们隐藏情绪的暗物质纤维，
将百万个闪过的念头束缚在一起，
聚集成明亮的，可以被看见的地图。
记忆沿着丝状的轨迹闪耀。它们
有的闪耀着往日中的溃败，
有的被封印起来，在日光中战栗，
有的倒映万物的伤口，如时日的未解之谜。

[以所不知]

在不爱的时候，
有爱在生长，用我所不知的方式，
在世间某处，抵御悲伤、背叛、怨恨，
顽强如野草。

雾中，有奇迹生长，在我所不知的地方，
穿越微尘，清澈的梯子上升
无数次创造我们。

在这清早时分写下的，是我不知晓的字句，
一定会有潜在的光，藏在灵感的注解里。
一定会有短暂的幸福和睡眠，包含这微风
　　与记忆。
也一定藏着甜蜜的居所，将我安放。

正要成为的，在未知的路上，
看不见来时的子夜，重合了多少星光。
那以不知的方式塑造的，
正慢慢抵消所知。

正如已知的你，以某种逻辑
点亮永夜，在所不知的方式
参与永恒的循环。

[从花瓣中得到]

不是汉字，或者字母，
更像打磨了许久的图腾。
在夜里打开的白昼中，我得到过。

在热爱的事物里，
我留下的记号，宁静、稳定、发光，
像纯净的灯盏。

青春时迷恋的海、仰望的山，
被我收集在这里了，
就像收藏了一堆诗，
里面写满了精心的注解。

万物神秘的线索，呼应我的召唤，
破解这原始代码，
我将自己，耐心地完成。

[应且仅应]

掂量几个词。为几行句子，
寻找心的秩序。
度过一日。

诗情的酿制，
同理洗漱、发呆、修剪，
度过隐秘半生。

前世与来生，
灌注在几个瞬间的空杯里。
多少处笔画，
串联诗与人的今生。

一生中，应当只写，
且仅写一首诗。

将一辈子的词，
凝萃在最后的琥珀。
每一个活着的句点，
落向诗意的无尽处。

·点评·

如何将自己耐心地完成

冯 娜

正如里尔克在1907年致卡尔·冯·德·黑特的书信中所说："艺术家，天生是生命中许多事物的观察者，他将会经历生命的一切……在他身上，仿佛生命及其所有可能性贯穿而过。"一个诗人何以写诗？在日常生活中，他们如何耐心地观察事物？又如何通过自身独特的体验和领悟说出生命中经历的一切及其可能性？本期"青年诗人6家"中的六位诗人用他们各自的书写为我们展示了诗人们观察世界的不同视域以及他们所体认到的生命中的重要片段。这些片段蕴含着诗人们对俗世生活的觉知、对被遮蔽事物的凝视、对精神世界的勘探；他们寻找着自己的声音，并用不同的声调塑造着自己的诗歌"溶洞"。

诗人马泽平的诗歌常常流露出一种自省的精神，这让他的语调充盈着审慎的克制，也让他的诗歌不仅仅是停留在对事物外部的描摹，而是试图深入事物的内里，发出对生命本质的诘问和思忖。通读本卷刊发的马泽平组诗《宽恕》，会让人强烈感到诗人"内视"

的触角活跃，无时不刻都在扫描着一个人生命的地图。《一个人》中，"月亮整夜闪动寒芒，一个人抬头，擦掉汗珠／他还需要在卡槽和这世界之间补上一枚清晰的牙印"，这牙印是漫长生活的磨砺与痕迹，也是风尘仆仆的尘世中众多无名者咬牙坚持的存证。那么，一个人该如何面对尘世的喜悲和消磨？"三十多岁了／还没有活成自己想要的样子"，诗人在《宽恕》中这样感伤道。自己想要的样子是什么样的？诗人该如何生活？他怎样辨识生活的意义？他又在宽恕什么，或者谁能将自己宽恕？这首诗让我想起晚年木心曾说，"不知原谅什么，诚觉世事尽可原谅"。也许，只有在宽恕中，世事才会敞开它更加阔大的部分。"词语擦伤的部分"（《过杨家峪杏林》）、"一个人独立和可疑的部分"（《有时候尘世只剩下这一块灰》），林林总总，生命会总向我们显现那些时间的裂纹和泡沫，而一个诗人的悲心让一切变得可以宽恕，这是诗人与自我、与尘世的和解，也是生命寄予一个迈向中年之旅的诗人的启思，诗人马泽平正走在这样的旅途中。就像在《雪中南行》，他写到了爱尔兰的作家克莱尔·吉根，小说家在另一个时空的冷峻笔调似乎正在为诗人崭新的冬天铺垫着一场鹅毛大雪。

与马泽平近似"一个人的孤旅"不同，曹僧的组诗《如何用身体认清了秩序》书写了许多与"他者"相关的故事。搓绳，一门古老的手艺，也是两代人的"结绳记事"。"它两侧的房间 / 是生活用力想象的两端，像猫和老鼠的忘情追逐"，幼年的记忆、代代人相传的血脉、手艺、生活秩序，有什么是隽永的》又有什么将永久地停留在老房子里。另一首《望江》也弥漫着诗人对流逝和恒常的追索，逝者如斯，奶奶家的江流依然汩汩滔滔，"人生代代，也都有这样的好光映照？"对于诗人而言，时间是世界显见的隐喻之一，对时间的感知就是对生命、对存在的理解。"这未曾说出的，是何时刻已属于我？"（《海边图书馆》）生命中众多的时刻，一些像太阳的强光照射着我们，像磁石一样将我们牢牢吸住，迫使我们记录下"此时此刻此生此处"的体验，就像诗人曹僧在《后来》中写到"轮蹄碾压粒粒星石，发出微光与清响"，这是生命令人目眩神迷的时刻，也是诗人为之叹慨不已的篇章，它们在诗人内心起伏律动，在"秘密花园"中生长、盘旋。《秘密花园》一诗则区别于曹僧带有叙事性的诗歌，这首诗短小轻盈，充满奇思妙想的天真。诗人的天真是对世界抱有探索欲和想象力的写照，这让我看到诗人曹僧身上还具有充沛的创造力和驾驭更开阔题材的可能。

创造力来源于对未知的渴望、对记忆的重建、对自我的突破，也来源于"梦的余温"。马青虹的组诗《梦的余温》仿佛一条暮色笼罩的小路，引领我们踏上诗人用记忆勾勒的某个小镇的背阴处。在那里，"大理是一杯加冰的美式"（《大理暮色》）；偶然想起"买菜时擦身而过的顾客"（《梦的余温》）；"哼着脑袋里突然冒芽的旋律"（《出走》）……马青虹的诗歌拥有诸多日常而温暖的细节，善于使用相似的意象链接不同的场景，能将读者代入到某一情境之中。《秋水仙碱》中，诗人以父亲曾经经常使用的治疗痛风性关节炎的药物怀念父亲过世前与"我们"在一起的生活场景，父亲的音容笑貌宛若眼前，朴素真挚。马青虹在诗中一再写到"父亲还活着"，让人想起博尔赫斯的《雨》，"我的父亲回来了，他没有死去"，这是对至亲至爱之人的追忆，也是人在面对生离死别时，内心最深沉的念想和哀伤。如何面对别离，是生命中重要的一课，一个诗人如何书写生存和死亡，也是诗歌"严重的时刻"。马青虹的诗质地简朴、内向，我相信在通往记忆深处的森林一定还有分叉的小径，在那里，或许还有更旖旎的风景。

那么，一个"投身以火"的人又怎样"将一些白色红色绿色的药丸 / 一次次投进身体空洞的隧道里"呢？（《投身以火》），诗人黄清水对父亲母亲的记忆，与那些内心被烘烤着炽烈怒火有关。父亲与母亲"两条平行的铁轨，直行、弯道、分岔"，而他们却共同将"我"送达目的地。《投身以火》这首诗写出了中国式家庭的纠葛与羁绊、不幸与温情，俗常烟火，纵使充满了各种各样的杂音，但父母深夜发出的呼噜声，叫人安心。就像《乡音》也印证着一个人的来路和归途。在《外祖母的月》《火烧云》这样的诗歌中，诗人黄清水再次通过自己的祖辈漫溯生命的绵亘，从外祖母、祖父那里"我"习得了最初的人生滋味和信念。"外祖母留给我的月色""风中裹来的母亲的饭香",在久远的年代过后,诗人明白了"故乡是一艘无依无靠,又在海上//日夜漂泊的船,不能返港"《叙述的一种》。我认为诗人这一觉悟将是其写作的另一个开端,不沉溺于对"故乡、祖辈、往事"这一母题的反刍,是诗人之舟在大海中准备扬帆远航的信号,也许大海上惊涛骇浪,也许暗礁和洋流会让人迷失方向,或者还有塞壬的歌声若隐若现,但诗人必须踏上这样的征途,才可能抵达属于自己的伊萨卡岛。

诗人邕粒儿已然经历了这样面对抉择的彷徨时分,"大风卷地,纷繁的人群 / 有的顺着激流放纵 / 有些逆流挣扎 / 我站在十字路口"(《恍惚》),在人潮拥挤中,当人们面对现实的种种选择,该何去何从?诗人的恍惚是所有人的恍惚,某一时刻的恍惚是所有世代的恍惚。德国诗人海涅曾经有一首叫做《每逢我在清晨》的诗,里面有这样的感人至深的句子:"我跟一些人一样,在德国感到同样的痛;/ 说出那些最剧烈的苦痛,也就说出了我的痛苦。"只有将个人对生命最深切的感怀融入到广大的人群中,许多抽象的情意才会具有生动的面影;具有普遍性的声音才会在另一个时空获得真实的回响。就像诗人邕粒儿在《田园》中写到"油菜花开得肆意,它们捧出黄金 / 是对大地的信任",在诗人这里,四季轮回,油菜花绽放,不仅时序的更迭,也是情感的绵延。当诗人登上雪山,又陷入雪后"更深的空茫里",我想她在"野行"时、"恍惚"后,一定会坚定地选择属于自己的那一条路,也许是佛洛斯特的那条人迹罕至的林中小路,也许是油菜花竞相开放的旷野。

诗人陈雨潇则选择自己最熟悉的海边生活,"抛出手中的石子向平静的海"(《一瞥》),神秘莫测的大海,总是让人欲说还休,"一个人在海边,接纳全部的荡漾 / 就接纳了所有自我",荡漾的是"情绪的暗物质纤维"(《丝状编织》)还是"短暂的幸福和睡眠,包含这微风与记忆"(《以所不知》)?是生命的"原始代码"还是"心的秩序"?诗人运用强大的通感,将自己心灵的澎湃投入生命的洪流中,那些"惊奇而永恒的一瞥"、"百万个闪过的念头",都是触发诗人诗意的开关,陈雨潇的诗意象纷繁、情绪喷薄,能让读者体会到诗人的生命力犹如大海在不停歇地涌动。在《丝状编织》中诗人写到"我将世界向它们倾斜",这是一个巨大的石块,投放在一首诗中,可见诗人的雄心和想象之驳杂。她将注意力倾注于她对世界、心灵的"未解之谜",她乐于孜孜不倦地探索"我的心略大于宇宙"(佩索阿)的奥秘。陈潇雨的诗歌起笔很高,较多使用大词和大的框架,也许和她喜欢大海的宽广有关,期待她能聚集起足够的明亮,来照耀那些看不见或"被看见的地图"。

再让我们回到 1896 年 3 月,年轻的里尔克在写给拉丝卡·凡·欧斯特伦的一封信中说,"艺术家只有一种,他们灵魂里尽是当下,自我创造的现代人,他们放眼长空,直视太阳。用渴盼筑起蓝桥,通往每颗闪亮的星辰。"青年诗人们正在用自我的创造和渴盼筑起蓝桥,我们在本期捡拾起他们看到的几颗闪亮星辰,并再一次领会诗人在生命中通过诗歌完成自我。如何将自己耐心地完成呢,青年诗人们还有时间来耐心回答这个问题。

非常现实

人间是露天电影放映场（组诗）

◎黑 枣

【作者简介】黑枣，本名林铁鹏，生于 1969 年。参加第十九届"青春诗会"；获第八届华文青年诗人奖。已出版个人诗集《小镇书》《亲爱的角美》《亲爱的情诗》、诗歌合集《诗歌集》，和散文随笔集《12·21》（与妻子合著）。

["这一天我替你唱喏过了"]

其实，我的这一天与另一天
毫无差别。一株株竖立的笔皆为草木
一本本鲜有人问津的书仿佛河山
我的城堡像石刻的茶盘那么大
有时候我点字为兵
有时候我轻易就将内心的帝国拱手相让

我越来越不想让你看见我的不安
一个人有一个人的生活方式
萤火般闪烁的愤怒以及卑微的理想之光
我从未如此变本加厉地渴望美和美好
在忐忑惶恐的晨昏之中
我要你像一杯早茶般的祥和
像午餐那样有荤有素，健康有活力
然后像一首诗睡在温暖的白纸上……

你我都知道，谁没有过孤独与挣扎
谁不是像一叶扁舟那样在苦海中飘摇
掰着手指头熬过一个个困苦的时日

再望眼欲穿另一段未卜的前程
更多的时候，我们两手空空
从海市蜃楼中徒劳地打捞着镜花与水月

"我听见喜鹊说：
这一天我替你唱喏过了
你要好好的。"※ 是的，喜鹊还说：
新年快乐！这是新年的第一天
这是很快又会破旧不堪的新的一天
我充满期待地祝愿你
祝愿我，这一切都是好的。

注：引号中为子梵梅诗句。

[坐店手记]

二十一年六个月零一天
现在是下午两点五十二分
外面有零星细雨，行人稀少
我烧水泡茶
随手在手机上记下这些
似是而非的诗句

这些年来，我体重不变，白发渐多
其间好几次想戒掉诗歌，未遂。
生活的压力若有若无
日子过得还算安逸
亲人尚好，朋友中富贵的不少
世界像儿时那只搬到天井中
接冰雹的大脸盆
"乒乒乓乓"，动静不小
所幸还有一块屋檐可逃可躲……

第一批小顾客已经长大成人
最小的这批顾客享受着父兄的宠爱

有时候我会从积压的货底里
翻找到一些喜出望外的记忆
但是一个信封或者一支中华牌铅笔
它们毫无悬念的价格宛如绝望
一眼望到底或者一眼望不到底
同样是一种不清不楚的哀愁

我对我的肉体实施闭关
不送货上门，也从不越界推销
坚持一位老农的职业操守
自给自足，苦中作乐
日常经营所得为公，付按揭还利息
微薄的稿费是私房，买烟买茶叶
最让我骄傲的是
明码标价，不说谎话，不昧良心
我使用字词呼吸，告慰关心我的人
用一些标点符号忧伤和愤怒
不周之处，敬请谅解！

[农 民]

我发现自己
越来越活成一位农民

喜欢赤脚
不喜欢戴帽子和打伞
向往风调雨顺，平安两字金
讨厌虫子、灾难和谎言
一生站得很低
但始终抬头敬天，敬神明
从来不以自己的身份为傲
世间万物，以及众生
都比自己的身体高一公分以上

埋下种子，从不敢

向土地要求退换货
甚至讲任何条件
天有不测风云，人有旦夕祸福
我们只埋头苦干
不向命运低头，但坚信有命数
一寸光阴一寸金
只有农民的人生比泥土贫贱

我从懂事起就瞧不起农民
年纪越大越发现自己
就像一棵乡下的农作物
土生土长，粗枝大叶
默默地长在野地里
我已经不会跟着流行的风向
拐弯，左右逢迎
开不出招人喜欢的花朵
更无法结出多么有营养的果实

我，一位农民
有劳作，才有得吃
一手交货，一手交钱
写诗也像在田间插秧
弯腰拜天地，举头望苍穹……

少年远游
没道理老去啊……

偶尔想起年青的模样
像一把刀
雪白，会发光

光阴是一只刀鞘。
我已经无条件投降了
金盆洗手，画地为牢

时常想象衰老的模样
不争不抢，无怨无悔
像一杯茶

喝了这么多年了
不必再问我茶好茶坏
更不要问我为什么喝茶

我突然明白了
人间就是一座露天电影放映场
荧幕里的人走下来
我们走上去……别人笑我痴
我笑众生皆疯癫

[衰 老]

饭量小了
白发渐多
脾气阴郁而又多变

不如意事常八九
可与人言无二三
花开花落四五六

老人尚在

蜗牛记（三首）

◎程 鹏

【作者简介】程鹏，重庆开县人，作品发表于《打工诗人》《诗刊》《中国作家》《作品》等。曾参加诗刊社第 24 届"青春诗会"。曾获第四届深圳网络拉力赛非虚构二等奖、深圳第九届青年文学奖、首届孙犁散文奖等奖项。

[螺丝掉在地上了]

一颗螺丝掉地上
两颗螺丝也掉地上
一盒螺丝都掉到地上

仿佛是整个流水线发出了叹息声
谁也没有说话，谁也没有说出压在生活里的叹词
谁都知道一颗螺丝关系着一条流水线的起伏

它们掉了下来，摇摇晃晃
就像车间里年轻的身体，因为疲惫会迅速生锈
还没有出厂，就倒在一堆废墟中

[三个工人在午睡]

不要打扰他们眉毛上的乡愁
那从生活中积累起来的身体
下着六月的雪，十月里的酷暑

汗水裹着泪水。不要打扰他们的梦寐中的故乡
一条河流就把他们的命运
流到任何需要力气的地方
不要打扰他们流出的口水,四月的午后
阳光并不那么强烈。左边是工地,右边是建筑物
请不要打扰他们手与手相逢,喝过酒的肠胃
身体上的劳伤。不要打扰他们梦见了汽车和洋房
他们住在里面,天使们环绕在身旁

[蜗牛记]

雨水洗出夏季的傍晚
在公园的亭子里,一群下落不明的人
驻扎在这里,他们表情相同,神色不宁
从草丛中爬出来蜗牛
享受着雨水中的欢畅,它们有重重的家
有重重的壳,还有一个避难所
而在亭子里避雨的人,他们手中没有伞
只有渺茫的、火焰将熄的眼神
那个酒瓶握在手中的人,看起来有几分骄傲
把水喝成了酒,把酒喝成了雨水
那个心无旁骛的、身无所寄的人
有时夜宿在桥下,有时又徘徊在街头……
哦,这些复杂的面容
是命运给他刺下的时间戳
如同雨水中浸泡的蜗牛
我也曾像他们一样,浸泡在雨水中
还谈笑风生地,领受一份人间的疾苦

志异集（组诗）

◎铄 城

【作者简介】铄城，生于 1976 年，祖籍山东沂水，现居东营。鲁迅文学院第 40 届中青年作家高研班学员。作品发表于《诗刊》《人民文学》《中国作家》《青年文学》等。

［蚂 蚁］

统一做了截肢手术的蚂蚁
在泥土的轮椅上
热衷于足球的话题

可是冬天来了啊
树叶已经落了无数遍
现在是铺天盖地的雪

该给饥肠辘辘的肠胃
一个怎样合理的说辞
让腐烂的粮食不受责备

该如何诱惑洪水的凶兽
卷土重来，让残缺的身体
在泅渡中万众一心

被屏蔽的触须，翻阅着
每天报纸上的新世界
悲伤得到了治愈，死亡也是

[动物园里的长颈鹿]

动物园里，这一块
补丁般的人造林场
足够悠闲的安身立命
阳光和目光在爱抚着它
它将在此虚度光阴
或郁郁而终
它也将遗忘出生的草原
忘记那里的蓝天、白云
和最新鲜的草木
它也曾拥有可以自由奔跑
却永远跑不出去的故乡
面前成群的孩子
是顺着斑斓滑梯来到地面的天使
他们在喂养着，这赐予快乐的玩具
借此留住成为另类前的精神记忆
为吃到孩子们奉上的树叶
它要低下抽油机般的钢铁头颅
和一条流淌着紫色河水的舌头
它是如此温顺
每次抬头时，在众人忽视中
一座去往天空的黄褐色桥梁
正生出网孔状的铁锈

[长臂猿]

台风过后
它们手掌中拎着
一座湿漉漉的山林
和遍地的狼藉
它们身手灵活
万向轮的手腕上

有着所有的方向
跳跃，攀爬，行走
这些可爱的孩子们
我们，是脱胎换骨后
它们存世的影子
它们在为一枚枚野果
不停奔走
只为与自己的饥肠辘辘
达成每一次的和解
一道道悠远的啼鸣
是庙宇般山林中
敲响的晨钟
暮鼓留给山下的人们
他们还要在生活中
疲于奔命
这些可爱、顽皮的孩子们
正一次次试图跳出人间
就像第一个直立行走的祖先
竭尽全力
将我们带离了曾经的山林

[不二麻雀]

我终于知道
自己是一只吃了膨大剂的麻雀
翅膀严重退化
或重创在猎人的子弹下
用毕生的积蓄
买下躲避风雨的廊檐
高粱倒出的酒
是火焰熄灭火焰
我在地面醉倒的树枝上
觅食、活命，练习跳跃

尼古丁喂养的蚂蚁
在啃噬着内心的花岗岩
我有着近似猛虎斑纹的外套
我在一场大雪掩埋的领土上
成为被抓捕的对象

[猴子变形记]

一棵树，也是森林的代名词
童年的祖屋，在我远离故乡的路上
坍塌后，还保留着散落一地的绿色基因
如今我栖身在高楼大厦的洞穴
正将我一步步运送到手可摘星辰
和水中捞月另一侧的位置上
在阳光和神话的双重喂养中
我是一只猴子完成的变形记
我的灵魂被束缚在木质的骨骼上
在无数次不安的跳跃中
接受风雨雷电的再询问
我每次的啼鸣
是对天空持续的拷问和回答
退化的双腿，只适合机械地行走
和疲于奔命，在拥挤的人群中
扛着扭曲后的五官和表情
依然畏惧每一场大火
在一个个被灯光征服的夜晚
还会为自己的错误
和需要躲闪的欲望偶尔面红耳赤
我每天需要服下的活命的盐
是一只猴子当做玩具时
摔碎的旧月光

医院的早晨（三首）

◎杨 华

【作者简介】杨华，生于1969年，江苏省作家协会会员，中国诗歌学会会员，徐州市作家协会副秘书长。作品发表于《诗刊》《星星》《诗选刊》《扬子江》《诗歌月刊》《江南诗》《诗潮》《诗林》《绿风》《北京文学》等，入选各年度选本。出版诗集《杨华自选诗一百首》、散文集《春日里的幻想》。

[从手术室出来]

手术室出口处，值班护士
响亮地喊着一个个名字
每有一个病人出来，心头
都仿佛有惊弓之鸟

天很晚了，冰冷的玻璃门
忽然洞开，从手术室出来
你一直咬紧牙关，如同
院子里，半树蜷缩的桂花
人世薄凉，夜色正蜂拥而来
梅花还没有开的迹象，而你
正在经历一场血光之灾

狭窄的手术床，多像一叶孤舟

在病房的通道里航行
飘摇的病床上，你泊在那里
像一个走失多年的孤儿
几根飘散的白发，又像是
中年的积雪

[医院的早晨]

医院的早晨，菊花开着
那些关于秋天的记忆
正慢慢苏醒，如同那个
手术中的病人，他也刚刚苏醒

几个年轻的护士
从门诊大楼里走了出来

轻盈的脚步，压住了秋天的阵脚

远方，有风吹过来
稻谷的清香，收割在即
我看到菊花，在秋风里飞翔
滚动的露珠，像极了一个人
刚刚恢复的心跳

[一个村庄的消逝]

挖掘机轰鸣之后，大地
一片狼藉，几百年的村落
终在尘烟里消失，仿佛有人
把一个村庄的爱恨情仇
从版图上，一笔勾销

几百年风雨飘摇
把乡亲们摇上了高楼
我没有家了，我听到了
一个老人，在轻轻叹息

当我再次路过，那个
水滴一样蒸发的村落
就像是最初的消失，一切
都无声无息，真的是太静了
一切，都无声无息

可我分明感到了，来自大地
深处的颤抖，那些坑坑洼洼
多像是大地母亲的伤口
蚂蟥一样，死死叮在
乡亲们的心上，这些
密密麻麻的伤口，始终没有
喊疼，他们始终守口如瓶

草堂圆桌

LIN XUE

袁锦钰

吴玉杰

李媛媛

林雪

苟瑶婷

郑思佳

我说要给天空的蓝写封信（组诗）

◎林 雪

【作者简介】林雪，祖籍山东。中国当代先锋诗歌、女性主义写作重要代表诗人之一，辽宁现代主义诗歌重要开拓者之一。第四届鲁迅文学奖获得者。

[和村民小组长董姐对酌之后]

村路也分书面语和口语
这不——踏上酷似铜版纸的花纹
一条小街的鹅卵石路面延伸到此

隔着一个犁沟的距离
我俩得并肩走
一脚在里，一脚在外
酷似民谣或说唱的节奏

她说看见过河水鞠躬
青山飞跑
大地深处的快板哒哒
这是什么征兆？

我说要给天空的蓝写封信
哈达户稍蓝。摸上去是甜蜜
还是忧愁？

她说刚喝的一瓶白酒
喝出火炭味道
喝热了，想捞一把水库里的水
当面膜贴在脸上

我说我要把黑下来的天空穿在身上
星星的印花裙子
坐在地头，再喝一碗
董姐做的云朵豆花

[抵 达]

把人生和手机都调成飞行模式
两手握出一个中空
我有未竟者的词语
而你有云和大地

大娄山从阡陌中翻腾出

连体神兽的脊背
卷起马鬃一样的浮沫

我爱那原创风景的邀请
除了盛开的花，它内敛
多于炫目

繁华无法使之凋谢的
凝视也无法使其陈旧
但比极致之美更多的
是无力形容的缥缈

给无差别游客一个磁力
给漂浮者一个
从地理泅渡到的文学的
一个托辞

给这首诗另外一条逻辑线
让形容词高速滑翔、俯冲
在一阵尾流的寂静里

[还未到来的生之空隙中]

在自己的怀疑里。在他们无法
控制的力量后面

雨季。大风。地球公转。太阳离开
北回归线。在由一只手
摆布的命运之中

在事物的逻辑顺序中

在一切尚未开始之前。在一切已经
结束之后

蹲着。一个蓄意的，紧张的困苦姿势
被舞厅酒吧摒弃的姿势

在磁性的大地中央站起来
蹲着的部落。带给我一半光线
和一半阴影的我的诗歌

[雨夜，去文化宫听音乐会的女工]

那一次，从赫图阿拉乘早班火车向西
经过的小镇在黎明中呼吸，顺从
从鞋子的温暖，到一条公路用
速度弯曲，我要把诗篇
放在哪里？赫图阿拉
那必要的时间和真相才能出现？

郊区工厂文化宫正举办音乐会
穿蓝色工装的女工们无声地奔跑着
披着雨，我们快跑，背影里春暖花开
穿行的雨夜在低语，而爱情
和幸福，和一切曾经的谎言
都已同音乐和解。正被我们经历

我看见在雨中尖锐的街道。回忆
或痛苦，都不能超过她的刀刃
她们的光芒，在一个被忘记的
城市上空飞过。一排栎树后面的红楼
一间年深日久的小厨房，多少兄弟姐妹
在那里挨饿、成长

许多年后，那女工中的一个曾失去仰望
爱情变成羞愧。她说，那年，当她
从音乐会出来，她身后
响起掌声，世界刚刚达到她的完美

而我，一个隐姓埋名的诗人
一个女人，来自一种旧生活的缺口
一处自我的深渊。寻着点燃
已经逝去事物的
导火索，在黎明微光中试着回忆
我们的火车在深夜到达
而她们，是否还活着？去了哪里？

这首诗能否真的把她们纪念？
不。她们或许
已经被遗忘、被粉碎。在
记忆忧伤，生活单纯的地方

[牧羊人]

薄暮时分，我独自步行回镇
雾霭之地幽兰，如退潮之后的海滩
河水点染着得失之物
看似一份无形的清单
却储存在乡村这大寓言教程里
而我，一经备注就已册封

禁闭之地皆有出口
边陲也自带中心
下一阵风吹来了牧羊人
他有不止九十九道坡地
山丘的背靠，峰峦的拱顶
风从九十九个方向吹来
每一个都是镜头每一片都是一个徕卡

风从最高处吹给他风帽
也从最低处吹给他的风鞋
这是一个年代的起点
同时又是尽头

"美可以大而现实，也可以小而渺茫"
这文人的呓语怎会让他停步
如同暴雨不能让羊群逊位
滚石不能、诗句也不能

[苹果上的豹]

有些独自的想象，能够触及谁的想象？
有些独自的梦能被谁梦见
一个黑暗的日子，带来一会儿光
舞台上的人物被顶灯照亮
一个悬空的中心，套着另一个中心
火苗的影子，掀起一只巨眼
好戏已经开场。进入洞窟的人
睁大眼睛睡眠。在睡眠中生长
三百年的梦境，醒来
和一条狗一起在平台上依次显现
一个点中无限奔逃的事物
裹挟着那匹豹。一匹豹
金属皮上黄而明亮的颜色
形成回环。被红色框住
一匹豹是人的属性之一
在稠密的海水之上行走
水下的人群、矿脉、烟草的气味
这样透明而舒适。一些幽魂
火花飞溅的音乐还在继续
我怎样才能读懂那些玫瑰上的字句
一只结霜的苹果，想起无穷无尽
使我在一个梦里醒来
或重新沉入另一次睡眠
这已经无关紧要
赞美这些每日常新的死亡
在一个时间里，得到一个好运
在另一个时刻观看豹
与苹果。香气无穷无尽

【客座】

WU YU JIE ZHENG SI JIA

诗与思的返乡
——超越个体情感的精神追问

◎吴玉杰　郑思佳（辽宁大学文学院）

德国诗人荷尔德林曾在《面包和葡萄酒》中追问："在贫困时代里诗人何为？"而"时代之所以贫困，乃是由于它缺乏痛苦、死亡和爱情之本质的无蔽"。如今我们正处于技术时代，在人类物欲的快速繁衍中工具理性成为存在被处理和耗尽的唯一标尺，存在的一切沦为被操纵的对象和被规约的客体，失去了其原有之义。对诗人来说，技术时代最残酷的事情是工具理性的失控驱动使语言技术化，丧失其揭示"存在"的载体和丰富的诗意，然而扭转语言理性化趋势的根本路径，就是让语言自身重新"道说"和"命名"。海德格尔认为"思者道说存在，诗人命名神圣"，"诗"有助于语言摆脱工具理性的桎梏，"思"让语言通向"存在"的真理，"诗"与"思"的对话使人们透过语言找寻"存在之澄明"，而这种向存在汲取资源的"追寻"毋宁说是一种真正的"精神返乡"。"存在被遮蔽"的工具理性时代，消费主义的诱惑消解着人们对终极价值的探求。诗人林雪在生活中经历过炼狱般的折磨与洗礼后，意识到了物欲与情欲的泛滥只会让自己遍体鳞伤，于是她与生活达成了某种和解，让"诗"与"思"在创作中对话，去恢复时间、爱情与人生之本质的无蔽。

对时间生命的追问

海德格尔在《存在与时间》中表示"'存在'就是时间，不是别的东西；'时间'被称为存在之真理的第一个名字，而这个真理乃是存在的呈现，因此也是存在本身……"在技术理性引发的贫困时代，歌唱"完满的自然"是人类"存在的天命"，而从时间维度探寻和牵引"存在之球体"使其免于"遮蔽"，便是诗人首要的天职与使命。就像我们在林雪《给孩子们》的诗中看到的那样："赫图阿拉，你的时间写在天空之上／而我的诗句在月夜里穿过你／像一匹快马穿过了村庄。"渴望探赜始源、"探入本己"的林雪在创作中试图对"时间"进行诗意追问，遍布诗歌的对时光流逝和生命短暂的遗憾，以及对人生无限而生命有限的哀叹便是她对存在本质的哲理沉思。

时光的流逝、青春的不返以及爱情的枯萎贯穿于林雪的诗歌创作，而往昔与今日的对比则是林雪诗歌"时间"主题的原型。昔日的"我"在故乡的土院子里无忧无虑地嬉戏玩闹，今日的"我"挤上返乡的火车流泪张望"回不去的原乡"（《火车》）；昔日的"我"披着父亲的套衫离家远行，今日的"我"挥别青春在家中抚摸隐匿在衬衣里跌跌撞撞走过的路（《父亲的套衫》）；昔日的"我"与爱人"并肩躺在公园深处一个破旧的长椅上"，细数脚下的蚂蚁和心中的深情，今日的"我"只能独自一人行走在白桦林回忆那些空许的承诺（《在甜美的白桦街你爱我的日子》）。以血缘亲情、炙热爱情为肌理的幸福追忆与置身他乡身体和灵魂漂泊境遇的今昔对比，触发了诗人心中的忧愁，也唤醒了林雪对时间生命的追问与反思。"因为那流逝的时间／正把那水泥分解成粉末"（《小镇》），时间

摧毁事物的吞噬感和残酷性给那些缺乏时间意识的人猛然一击。而后，诗人又将时间的流逝与生命的消亡相连接，"深知老之将至／他衰弱，苍白，如流水下的石块／被磨砺。"个体消亡的必然性，让处在物欲社会中失去意识主动性而盲目生存的人认识时间的本质，重拾生命意识，思考在被时间剥削的人生中应当如何自处。

"若非基于时间性，诸种情绪在生存状态上所意味的东西及其'意味'的方式，都不可能存在。"存在本身是时间性的，反过来说，林雪所强调的这些带有时间性的情绪"标识"正是给她留下深刻记忆的带有确证性的自我"存在"。"情绪被当作流变的体验，这些体验为'灵魂状态'的整体'染上色彩'"。如果说"过去"和"现在"时的时间建构使人们在自然事物的幻化中感知时间，那么"将来"时的时间想象便是生命个体深知时光无限而生命有限后的一种生存焦虑。现代社会中，工具理性的强制执行使人的价值以时间为标尺，生活的进程以时间为刻度，最后置身现代文明中的人在疲于奔命的节奏中为时间创造了权威，并在有限生命与无限时间的对话中感受压迫，而这种时间焦虑在林雪的诗歌中以"将来"时的时间想象予以展露。如《在洛阳道街角我拥抱了你》："还有多少年／我怕身边会空出位置，我抱不到你／我怕自己在你身边空着／已无拥抱你的手臂。"诗中诗人以"将来"时抽象化的形态建构时间，想象着自己垂垂老矣之后仍有许多未成心愿，于是为不留遗憾，她"停下脚步，拥抱住你"。林雪诗歌"将来"时的时间想象是一种自我

意识的觉醒，是她对现代生存困境的准确认知和执着探寻。

对"过去"和"现在"的时间体验以及"将来"的时间想象构成了林雪诗歌的时间主题，前者恢复时间之无蔽，后者观照作为"存在"的"存在者"的现代性焦虑，而无论哪一种都是林雪通过时间维度对存在以及存在境遇的沉思。

对不完满的爱的追问

"爱情是人类精神的一种最深沉的冲动"，而独特的生理特征、内倾性的心理结构以及易动性的情感体验往往使女性易于与这种冲动产生奇妙互动，因而"情爱"始终是历代女性诗人热衷吟咏和最擅长处理的主题。纵观诗人林雪的诗歌，对爱的抒写一直是她创作的"高地"。无论是初尝爱情的懵懂、热烈真挚的表白，还是辗转反侧的思念、甜蜜温馨的回忆，抑或是爱情枯萎后的苦苦挣扎，都被林雪敏感捕捉又在诗歌中细腻展现。然而，当她经历过炼狱般的情感磨炼后，女性意识的觉醒和深化使她不再囿于对爱情的缠绵悱恻，由爱情体验引发的对爱情本质以及女性命运和生存境遇的智性思考在她的诗中渐趋显现。

二十世纪八十年代，被压抑的思想和人性，对爱的渴望与呼唤从解禁的生命中迸发。在这样的时代语境下，舒婷、翟永明等女性诗人的主体意识在意识形态的退潮后逐步觉醒，《致橡树》（舒婷）、《女人》组诗（翟永明）等诗歌以自觉的女性意识透视情感，

以老练多样的诗歌意象建构文本，冷静清醒地表达对男性霸权的反抗以及对女性价值的体认，由此开启了以彰显女性主体意识为主题的女性爱情诗的新时代。从东洲小镇走出来的带着热情与憧憬的林雪，经受过诗意时代的滋养于20世纪80年代将心中的爱播撒进城市的沃土。《爱的个性》中，林雪大胆地展露其对爱的呼唤："我爱你，我就是中午炽烈的光焰 / 融化你，然后补充你懦弱的情感 / 我如果爱你，我就是艰苦的登山者 / 用残损的手掌踏一路血红的花环。"诗中一改传统女性在爱情中的被动姿态，其对情爱虔诚般的求索以及无所顾忌的表达都是林雪主体性觉醒的深刻表现。然而，爱情之火的熄灭使林雪也经历了一次身心的强烈震动，在渐趋自觉的女性意识的驱动下，林雪对爱情和生命有了更为深刻的思考，其诗歌也由对爱情的诗意幻想转入对爱的理性思索和对女性命运的智性书写。"一个女人，经过哭泣、爱情与寻找 / 仍然怜悯一切温柔的事物 / 怜悯。是她不变的血型 / 她生命特质之一。"（《我能为你带来什么》），诗中林雪细数了女人从婴孩到老妇的生命历程，揭示了爱是贯穿女性始终的生命属性，她以女性视角透视女性的情感内核，以个体经验书写女性群体的共同记忆,诗思委婉,蕴藉深厚,表现出其对"为爱而生"的女性命运的沉思。然而在经历过炼狱般爱情洗礼的林雪看来，"没有一种爱是可以完成的"(《没有一种爱是可以完成的》)，"不完满"才是世间爱情的本质和真谛。因此，她认为为爱而爱必定会使生命在爱情的重压下枯萎，女性在咀嚼过爱情苦果后必须发出

《忘掉他》的自强声音，展现出林雪在迷惘后对新生活的向往和对女性爱情生命深层次的反思与追问。

如果说林雪爱情诗中对爱情的热情呼唤体现了她女性意识的觉醒，那么从爱情旋涡中逃离的她在诗作中对爱情本质和女性存在的观照，则体现了她对个体情感的自省与超越。

对苦难人生的追问

对人生的追问是诗人对人的存在的一种感知方式，而人在生存欲望与自然限制、私人话语与权力话语、工具理性与价值理性的二律背反中经受的苦难与孤独，则是诗人对人生追问的母题。经历过生活洗礼的林雪的诗作无不体现着她对人生的感悟，灵魂与肉体的苦难、置身于虚无的孤独成为她追问的原点，而作为诗人揭示"存在"本质的天职使命，让她将这种个体的生命体验上升为关于人的生存哲学的高度。

林雪的人生遍布苦难与孤独，爱情的体验使林雪的情感经历了一次洗礼，随后1992年疾病的侵蚀使苦难由灵魂深入肉体，让她在双重折磨的死亡边缘挣扎盘旋。然而当她尚未完全从生活的阴影中逃离出来时，消费主义带来的精神空虚又让她从苦难的深渊迈向孤独的洞穴。但是苦难与孤独并没有让她失去生活的信念，在诗意的滋养下林雪的生命慢慢复苏，而重生后的她似乎与生活达成了某种和解。她在以平和心态回忆过去的过程中发现人生就是充满苦难的存在，而如何面对并解构苦难才是人生的关键。《下一首：

苦难。下一首：自由》中，"生育，婚姻，劳苦，斗争 / 那些孤独和死，将会在下一首诗中读到 / 在下一首里又能看到什么？ / 失望。下一首。苦难。下一首 / 遗忘。下一首。自由。自由"，林雪在诗中与充满神性的赫图阿拉的对话中发现，由生存欲望和琐碎生活带来的孤独、痛苦和死亡无一例外会在生命中一一展现，而只要人们不放弃生活的信念，"失望"与"苦难"过后，必定会迎来理想生活的"自由"。因此，林雪呼唤"我们总要一次次爱上这世界"（《总要爱上这世界》），这种宣言式的呼唤是林雪在人生的悲剧本质被揭示后对苦难过往的释然，也是寻求诗意人生的她重新拥抱生活的主动姿态。

在海德格尔看来，工具理性的功利扩张使存在的本质被遮蔽，人赖以生存的精神根基被抽离，人们正置身于世界黑夜之深渊。同处技术理性时代的林雪，面对人类精神文明的失落以及被"异化"和"物化"的生存状态，将"思"注入"诗"的血脉，以个体生命经验为载体在对时间、爱情、人生等存在的追问中聆听存在的道说。而对澄明存在的揭示是为了能够让作为存在的人类更为理性、热情地对待生活，并在诗意的建构中坚守住本真、诗性的精神家园。

（节选自《精神原乡的诗意追寻——论林雪的诗歌创作》）

【客座】

LI YUAN YUAN

生命状态的诗意之美

◎李媛媛

林雪是土生土长的辽宁抚顺人，她从 1981 年开始发表作品，展现出独属于女性作家的关注视角和细腻的情感表达。2009 年她加入中国作家协会后陆续出版多部诗集，如《大地葵花》《淡蓝色的星》《在诗歌那边》《林雪的诗》《半岛》等。林雪的诗歌作品中乡土气息浓厚，使用大量的笔墨描绘这片土地上的风土人情和自然景象，展现出了这片土地独特的风貌和蓬勃旺盛的生命力，诗人将这种生命力以诗化的方式表达出来，通过意象的描绘与意境的塑造，含蓄地表达出她对生命这一命题的哲学思考，呈现出独特的美学价值。

作为一名女性作家，林雪的诗作不可避免地会有许多女性形象出现，并呈现出强烈的主体性特征。诗中以植物意象代指女性，用自然界的枯荣繁败来表达"女性"，跳出传统女性形象的桎梏，显示出女性独特的、新的生命活力。

女性意识之美——"杯中的樱桃"

"女性主义"的概念最早来源于 19 世纪末英国社会学家约翰·斯图亚特·穆勒在其《妇女的屈从地位》（1894）一书中提出的"妇女屈从于男性"的观点。对女性生存境遇的关注是女性意识产生的土壤，是女性意识得以生成的前提，也是女性意识得以发展的关键。自此，全球性的女性主义运动迅速发展起来。随着西方国家的民主进程不断深入和妇女解放运动在全世界范围内的不断高涨，女性主义即要求男女权利平等和机会平等的观念迅速传播开来。不少女性拿起纸笔，用文学来表达自我，女性文学也由此受到越来越多的关注。

从 20 世纪 80 年代开始，中国的诗歌创作中也出现了一些关注女性生存境遇及精神世界的诗作，而不是仅仅拘泥于对爱情、家庭和婚姻的思考，这极大地体现了女性意识的觉醒。诗歌中的女性意识是女性对自身存在意义和价值的关注，它表现在对生命的思考、对现实的追问，也表现在对爱情与婚姻的反思和对自我价值的肯定。诗人们将个人情感通过诗歌表现出来，把诗歌作为一种媒介，通过诗歌传达出一种独立的思想和精神面貌。例如舒婷就曾在她的诗作《神女峰》中表达："与其在悬崖上展览千年 / 不如在爱人肩头痛哭一晚"，神女峰的名字源于一个古老的传说，以此命名来赞颂神女的坚贞与执着，而舒婷在这首诗中提出了截然不同的观点，她明确地表达出对这种充满着男权压迫的封建忠贞观念的不赞同，牺牲自己的生活乃至生命只为博得一个"守妇道""贤淑忠贞"的好名声，"不如在爱人肩头痛哭一晚"。这也正是舒婷诗中女性意识的体现，是对封建男权观念的反抗，"去崇高化"的思想意识也是对基本人性的肯定。

林雪早期的许多作品都带有强烈的女性主义特征，那就是发现女性的苦难与境遇。例如《杯中的樱桃》就是一个典型的例子，看似在写樱桃，实则在写祖母——这个常常被遗忘的女性角色："八十四年了，祖母的生辰随着一颗种子而来 / 如今这棵树 / 被自己的枝丫压弯 / 重复着的年代与生命的故事 / 都被一只无形的杯子笼罩"，被压弯的不仅仅是树的枝丫，还有祖母的脊背，也不仅仅是祖母的脊背，而是千千万万像祖母一样的女性的脊背，她们为家庭与子女奉献出自己的一生，就像是为果和叶奉献一切养料的树木，"犹如我现在 / 隔着杯子，与一只樱桃对望 / 茫然四顾，又互相映照"，彼时的诗人是樱桃，是果，但祖母年轻时又何尝不是果，只是岁月和生活的压力让这样一个女性不得不"由果变树"，承担起家庭和社会赋予她的责任。

《玉米秆徐娘》中也曾写道："未出嫁时，她是玉米秆三丫 / 结了婚，她是玉米秆媳妇 / 上点年纪她又是玉米秆徐娘 / 这个瘦长的苦苦的女人 / 一辈子没离开亲手播下又亲手收获的玉米"，她的一生都与这三个字挂上了钩，就连性格也如玉米一般沉默，"没有福相"似乎是她一生苦难的来源，仅仅因为瘦弱就要受人欺凌，被人嘲笑，甚至一直没能拥有自己的名字。女性的苦难也被这首小诗尽数表达出来，从出生就不被期待，一辈子不能拥有自己的名字，因为不符合那个时代的审美就"不幸"一生，诗人的女性意识就渗透在字里行间中，是诗人自然的情感流露，将女性的境遇用诗歌表达出来，无疑是对这种境遇的无声抗争，正如诗中的树木、玉米，看似脆弱的植物实则即便境遇艰辛也依然顽强抗争，这也正是其诗作独特的美学特征之一。

诗人林雪的诗歌中多次出现花与果、枝

与叶等自然界常见的植物意象来表达女性，用花和木来代指母亲及其他女性长辈，而用果实来代指她们的孩子或是少女，这种现象出现的原因除了与诗人自身的经历有关之外，和传统的女性形象给人们造成的影响是分不开的。自古以来，凡是有孕育接承关系的，那么前者就必然被称之为"母亲"，于是女性就被分为两类，已经成为母亲的女性和还未成为母亲的女性。诚然古往今来的作品中对女性的歌颂与赞美颇多，但这些赞美之词却大多都建立在她是否做了一个好母亲或者一个好妻子的基础之上，只要这个女性步入婚姻或是生育子嗣，那么她先前的功绩就会被统统淡忘，只剩下"贤惠"二字，有些学者将其命名为生育压迫，即生育这种生理现象本身就会导致女性失去个人独立与个性，这也是女性主义绕不开的话题。林雪在其诗歌中用植物的繁衍生息含蓄地表现出的对女性生存境遇的同情和思考，正是她女性意识的自然流露，同时植物意象的使用也为其诗歌增添了一丝独属于自然界的特殊美感。

女性诉求之美——"青涩"

中国现代诗歌中女性意识的觉醒是一个渐进的过程，其中经历了一个由自觉到不自觉再到自觉的过程。由于女性解放运动的推进，女性意识也逐渐增强。如果说第一步是关注女性的生存境遇，那么第二步便是表达女性的诉求。中国诗歌中表现出来的女性诉求逐渐不再局限于婚姻、爱情、家庭等主题，也开始关注自身的生存、需求与命运。

这些内容在林雪的诗歌中也多有提及。"年少时，一次在果园，我曾接住一只／坠地的苹果。那时我爱她的青涩／一如年轻的我。在潮湿的海风和黑暗中"，"已不在意。在一场美和温顺的戏剧中／潜伏暴乱，或在一季青春和诗意中／藏起硝烟。然而，就在那时，在我冥想时／一粒小小的果虫从她的缝隙中探头，从我／竖起的手掌上，向着星光执着地爬，爬"（《青涩》）。诗人选用苹果这一常见的植物意象来喻指少女，"一如年轻的我"，经历海风与黑暗，外表是青涩的绿，内里也是酸涩的，诗人以一个旁观者的身份道出她的惊恐与期待，实则是借此来表现女性的处境与真实的精神世界，海风和黑暗即女性在社会与家庭中遇到的重重阻碍，女性不得不用"苦苦的绿颜"包裹自己，仿佛能做到如风过耳，然而内心难免酸涩，如同一颗青涩的苹果，诗人的女性意识也正以这种方式表露出来。"一粒果虫"的顽强攀爬吸引了"我"的注意，它的目标是星光，"婴孩儿一样孤单决绝。仿佛在说，不／你看那枝条上的花美如浮世，你放弃的／一切从没有结束，而是刚刚开始／如同'那苹果树、那歌声和那金子'"，这里诗人引用了《仲夏夜之梦》的经典典故，用其来指代生活中最美好的东西，这是诗人女性诉求的表达中的一部分：自我成长，不管是"潮湿的海风"还是黑暗，女性永远不会停下前进的脚步，在前进的途中也不会忘记"那苹果树、那歌声和那金子"。林雪诗歌中的女性诉求不仅体现在对自身的关注，还体现在对于其他女性同胞命运的描写，例如"我不比她们更忠实。更爱／不比

她们更邪恶 / 不特别怜悯 / 明天就是四月 / 今年的苹果在未来的枝头 / 孕育、成熟并且烂掉 / 像你的一个个情人，动人又美丽 / 但她们同样悲惨 / 在回忆中荒凉衰老 / 剩不下一只果子"（《情人》），用苹果代指情人，虽然"动人而美丽"，但也"同样悲惨"，诗人以一个女性的视角看待其他女性，且她们的身份还是"你"的情人，诗人也依然悲悯与客观，这也正是诗人女性意识的体现，更多地关注女性自身的境遇，不因其身份和社会关系而改变。

"苹果"这一意象在西方由来已久。色彩鲜艳、饱满芳香的苹果总是很容易与温柔甜美的女性或是浪漫的爱情挂钩，早在希腊神话中就有苹果的影子，如爱与美之神阿芙洛狄忒就经常以手持苹果的形象出现，林雪的诗歌作品中也经常出现"苹果"这一意象，一方面是对传统的女性意象的继承，另一方面又在其中加入新的元素来诉说新时期的女性诉求，其诉求的本质是对命运的抗争和对生存与自由的渴望。伯格森曾说道："动物虽然不能对自己的死亡进行思考，但是它们却有着一种生存的信念。这种生存信念是它们不断前进的动力，它相当于人类对生命的思考，我们称它为一种动物对生命的本能感觉。"动物尚且如此，何况是具备思考能力的人类，对爱与自由的追寻是人类的本能，诗人将这种诉求以诗歌的形式表达出来，为生命追寻的本能更添一丝诗意。

女性价值的含蓄之美
——"葡萄，葡萄"

在现代诗歌中，女性价值的表达与重塑一直都是一个非常重要的方面。中国现代诗歌中的女性形象经历了不断发展和演变，现代诗歌中的女性形象具有鲜明的时代特征和审美价值，诗人们用自己独特的方式对传统观念、传统道德进行了反叛和质疑，对女性形象进行了重新塑造。波伏娃《第二性》中曾提到："女性的忠诚被蒙泰朗和劳伦斯要求作为一种责任；克洛岱尔、布勒东、司汤达不那么狂妄，把忠诚作为宽厚的选择来赞扬；他们希望不用宣称自己配得到忠诚就获得它；但是——除了令人吃惊的《拉米埃尔》——他们所有的作品都表明，他们期待女人具有这种利他主义，孔德赞赏女人的这种利他主义，并且强加给女人，据他看来，这同时构成明显的低劣和朦胧的优势。"很长一段时间里，女性价值都单薄地表现为利他价值，而现代诗歌中对女性形象进行描写时，更加注重女性自我意识的表现与提升，关注女性自身存在意义与价值的实现。现代诗人在描写女性形象时也不再局限于传统诗歌所描绘的形象，而是将眼光转向了更广阔的世界。

女性的价值是什么？女性价值首先应当等同于人的价值，人的价值包括外在价值与自我价值，外在价值主要体现在人作为价值客体是否满足了价值主体的需要，人对社会的贡献越大，人的外在价值就越大。自我价值则主要关注人本身，现代女性诗歌在涉及这一问题时更关注女性自我价值的呈现。

诗歌中女性价值的体现最早可以追溯到秋瑾，她是中国女权主义和女学思想的倡导者，也是一位极具才华的女诗人，"身不得，男儿列。心却比，男儿烈"尽显英雄豪气，是对传统观念中女性价值的突破。到了近代，冰心、林徽因等诗人作品中也对个性自由和爱情主题有了更多的关注，这一时期的女性诗歌呈现出多元化的特征，对自我的寻找成为这一时期的核心主题。女性价值的深度和广度有了较大提升。相比起来，林雪诗作中的女性价值较为朴素。"石灰土质，和那些一经想起 / 就顿感不详的日子。河谷里 / 有多少姑娘与葡萄叫着同一个名字 / 来纪念自己从清早到夜晚劳作的青春"（《葡萄，葡萄》），用"葡萄"来指代底层中的劳动女性，她们和葡萄一起长大，名字也叫葡萄，在葡萄的生产线上辛勤劳作，这便是朴素的女性价值。作为生产线上的一员，她们的工作是为社会做出贡献，这是外在价值，通过劳动获得收入来实现自身发展，这便是自我价值。同样表现这种价值的还有另一首诗《姑娘柳》："总有着天真又执拗的习惯 / 留给一代代乡村的少女 / 美丽的劳动、健壮、古朴 / 和我们一样美丽的柳树"，"姑娘柳"是柳树的名字，姑娘们和柳树一样健壮美丽，充满生命的活力，它既是姑娘们的伙伴，又像姑娘们的"母亲"，懂得少女心事，在姑娘们劳动归来后默默地陪伴，诗中说这"是乡村永不凋零的幸福"，它的价值也就在于此。

随着女性意识的觉醒，诗歌中的女性形象不断地被打破和解构，女性价值也随之发生了根本性的改变。女性不断为自身的命运和自由而抗争，林雪诗歌中的植物意象正是这种女性形象的生动体现，展示出蓬勃的生命力和顽强不屈的生命意志。林雪诗作的女性价值是含蓄的，隐于日常生活中的方方面面，以随处可见的葡萄和柳树作比，赞扬女性的坚韧与朴实，一如她诗作的风格，带着新鲜的泥土气息，和她热爱的土地交织在一起，人的价值也在这种朴素却充实的生活中显露出来。

林雪笔下的植物意象代表了不同形式的生命状态，有对当代女性形象的贴切描绘，也有对时间与自我价值的深切思考，有对社会现象发出的深刻诘问，更多的是对故土的怀念与依恋。诗人的女性意识掺杂着浓厚的乡土气息，用田间随处可见的植物意象来诉说诗人的价值观念，诗化的表达也正是诗人情感的自然流露。

【客座】

GOU YAO TING

诗中乡土情结的展现

◎苟瑶婷

何谓"乡土情结"？我们可以把它分解成"乡土"和"情结"两部分展开理解。首先，关于"乡土"的理论阐释，鲁迅先生最早在中国提出"乡土文学"这一概念，而后茅盾又在《关于乡土文学》一文里说明他对于"乡土文学"的理解，他认为"乡土文学"如果单有特殊的风土人情的描写，只不过像一幅异域的图画，带给人的只是好奇心的餍足。因此在特殊的风土人情而外，还应当有我们共同的对于命运的挣扎。而"情结"一词是一个心理学术语，心理学家荣格说："情结是意识无法控制的心理内涵。它会抵抗意识的意向，而随心所欲地出没。""情结"是人内在心理一种无意识的反映，是一种受意识压抑而持续在无意识中活动的，以本能冲动为核心的欲望。

从弗洛伊德的冰山理论来看，"情结"作为一种无意识的心理状态，对于我们探寻诗人潜藏在"大地葵花"下的潜意识的乡土心理，感受诗人内心巨大的热爱的力量以及

探索诗人在此之上对于诗歌本质的思考有重大的意义。由此，我们可以在理解"乡土情结"的有关概念的基础上提炼出几个关键词：风俗景物、土地关照、人民关怀。而有关乡土情结在诗集《大地葵花》中的具体表现也可以从这三方面具体展开分析。

家乡根脉上的描摹——
"在一个叫赫图阿拉的地方"

诗人林雪在《大地葵花》中的乡土情结首先表现在对家乡风俗风貌的描摹上。诗人整部诗集的创作根植于她熟悉的，生存成长的辽东大地，所以诗人在诗歌中也极力表现出故乡独特的地域风情。诗人以心灵去抒写家乡，在对故乡的描写中，她将故土特有的景致引入诗歌，使诗歌的意象充满了浓厚的乡土气息。而诗人对于家乡的描摹在诗中有一个具体的象征——赫图阿拉。要认识了解诗人对故乡的情感必然需要去解读"赫图阿

拉"。"赫图阿拉"在满语中意为"平顶的山冈"，但是读完《大地葵花》整本诗集可以发现，"赫图阿拉"并不仅仅指修建在抚顺新宾的那座古城，而是含有诗人期许的更深远的意义。

"赫图阿拉"在诗歌中最基本的意义是其地理意义，即我们所说的诗人故土的象征和代表。"今天是我结业的日子，抚顺的地理学／是我血液里的课程。一个情结"。林雪在诗中常以"赫图阿拉"来指代她的家乡抚顺，比如诗人在《朝着赫图阿拉方向》一诗中直接指明赫图阿拉就是诗人出生时的大地，即诗人的家乡——抚顺。"赫图阿拉"不仅指地理意义上的抚顺，还是诗人向往之城。在诗歌《落日光芒》中"赫图阿拉"成为了一座"模拟皇帝出行"的虚妄之城：曾经的古城已经面目全非，留下的只是被不断翻修过，供人娱乐旅游的一处景观，而诗人内心真正热爱的城市却早已不存在了。但正因如此，才让林雪对那片已经消失的土地更加向往。除此以外，"赫图阿拉"还是诗人倾诉的对象。"赫图阿拉！……我们是否／还能活在那卑微的意义当中？"此时诗人则以虔诚的态度向"赫图阿拉"索求答案。诗人看到了生活中的苦难和卑微，看到了魔幻的现实世界，但却找不到出路，于是试图向"赫图阿拉"倾诉现实中的苦难、痛苦、命运。另外，关于"赫图阿拉"，诗人还有这样的表达："赫图阿拉！／我的一部分血管盘旋在你的矿脉里／我的手，一部分的头发和指甲／沉积成钙，混在你的尘埃里"，此时的诗人已经和"赫图阿拉"血水相融，她已然成为了"赫图阿拉"身体的一部分。这里诗人想以"赫图阿拉"的身份来承受"大地的欢乐悲苦"。

一方水土养一方人，诗人的乡土情感通过家乡的山水风物表现出来。林雪出生于辽宁抚顺，自小就受到故乡的熏陶，她对这里的一草一木都饱含着难以割舍的深情眷恋，诗歌中的意象也表现出诗人对家乡的浓浓深情。"意象是融入了主观情感的客观意象，或者是借助客观物象表现出来的主观情思。"（袁行霈《中国诗歌艺术研究》）诗人林雪在对家乡展开描写的过程中选取的一系列意象，或人或物都寄了诗人浓郁的乡土情思。诗人以"赫图阿拉"为载体给读者从根脉上描摹出一幅具有异域风情的辽东样貌，在例如"浑河"等意象的选取上更是极具辽东特色。又如诗中"高坡玉米""诗意秧苗""土豆田"等意象，都是诗人选取的朴素但有代表性的事物，这些意象都是"赫图阿拉"土地上最平凡不过却有"赫图阿拉"风味和灵魂的风景特色。诗人用这些意象来歌颂"赫图阿拉"，去寻找"命运里朴素而深远的象征"。在林雪的笔下，《大地葵花》展现出了故乡纯美的风俗景貌，诗中对"赫图阿拉"细腻的描摹，表现出诗人对乡土自然深切的热爱和眷恋。

家乡的嬗变——"河水曾漫过水源地以西"

除了对家乡的描摹，诗人的乡土情结在诗集中还表现在对家乡土地的关照上。正如乡土作家张炜所说："我越来越相信，对于一个作者，最重要的莫过于他所挚爱的那片土地。所谓回到生活中去、人民中去，即回到土地上去。一旦离开了土壤，绿叶和花朵就会一起枯萎。"林雪在写作《大地葵花》这部诗集时同样把情感渗透到了诗人血脉中的那片家乡厚土上。

这首先表现在诗人对泥土和大地的关注上。这部诗歌的创作根植于诗人熟悉的土地，诗人对这片养育人民的厚土有一种深厚的情感，因而也把这份深情深深扎入土地。在《放牛老人》一诗中，诗人用了土路、母鸡、蝉声、农院、走成一副骸骨的老人等意象来勾勒"赫图阿拉"这片自然原始的土地。向往的美好之地"赫图阿拉"和现实中带着创伤的家乡有着天差地别，这是诗人的感伤，更是诗人乡土情感的鲜明流露。其次，阅读这部诗集，还能发现诗歌中有一种深厚的历史感，这要得益于诗人在创作过程中做的大量文献工作。诗人为了创作这本诗集，阅读了《抚顺地方志》《赫图阿拉的传说》《清史稿》等一大批书籍，使诗集蕴含出辽东大地独特的历史深蕴。比如诗集中的第一首诗《岩石上的那个人》就是以努尔哈赤和一地乌鸦的历史传说作为诗歌叙写的背景来拉近诗歌与家乡故土的距离，从而抒发自己的内心情感。诗歌中还有如"盖牟城"等一些历史上在抚顺曾经出现过的地名。诗人拾捡起"赫图阿拉"这片土地上的珍珠，以历史的厚度叙写着整片辽东大地，深情抒发对故土的情思。此外，诗人对家乡的土地关照最重要的一点表现在对乡村的关注上。诗人林雪立身在当代社会的环境中对乡村，尤其是故土的乡村有了更多的关注和更深刻的感受与思考。诗人对土地的关照在这个层面上则通过对故土的乡村描摹和工业厂区矛盾共存的二元化现实状况的叙写中表现出来。诗人在诗中描绘了一幅自然原始、和谐美好的乡村风貌：闲适悠然的"浑北人家"浸润着自然朴实的味道，这种温暖惬意的生活也唤起诗人心底的温暖。

诗人在诗中还还原了家乡作为"老工业基地"的厂区样貌："在浑河对岸／整天燃烧着炼油厂的火炬"。家乡的巨变让诗人处于痛苦之中，这片土地是诗人灵魂栖息的地方，是她生命脉搏跳动的见证，她向"赫图阿拉"诉说真情，同时也为承受创伤的它哀悼。

"合理和完善的工业生产，应该与田园生活一致和谐起来，那将是同样美好的。但工业这头猛兽不经驯服就放出来了，咬伤了很多人，把大地搞得一片狼藉。"（张炜、张丽军《保持"浪漫"是人类对于成长悲剧的本能反抗》）农业社会和工业社会二元化共存的社会现象引发了诗人对城市化发展与科技文明的质疑。海德格尔说："大地是一切涌现者的返身隐匿之所，并且是作为把这样一种把一切涌现者返身隐匿起来的涌现。在涌现者中，大地现身为庇护者。" 林雪对家乡的深情通过"赫图阿拉"抒发出来，在诗人心里，"赫图阿拉"本该是她灵魂栖息的庇护所，但社会转型下的工业伤害却让这片厚土面目全非，曾经质朴单纯的自然乡村风光逐渐消失，取而代之的是被城市化进程污染和现代工业文明侵扰的一片荒凉之地，诗人深情热爱着故土，更哀痛家乡遭受如此巨大的伤害。

低声部的热爱——
"永恒的黄金和人民"

除此以外，林雪的乡土情结还表现于对生长在辽东大地这片土地上的人民的殷殷关怀。这也是这部诗集诗风变革最成功之处。正如冯骥才所言，乡土作品的表层是风物习俗，深处则应该是人们的集体性格。林雪对此也有相似的感触，诗人曾在《大地葵花》初版自序中写道："我曾经想努力写出一些平凡的、感人的句子，写出平凡而悲伤的真理，写出自己悄无声息的、低声部的热爱。"林雪不断调整对于诗人的认识，《大地葵花》是开始关注具有普遍意义而非个人情感的社会阶层意识的见证，而这其中最显著的体现则是诗人对于处在社会底层的朴素贫苦的人民的深情关怀。此处笔者分别从对象选取和苦难抒写两方面展开论述。

林雪对人民的关怀首先体现在诗人对于书写对象的选取上。《大地葵花》中的人物以农民身份为最多，如在诗集《那个人荷锄而归》一诗中，林雪刻画了一个在粗糙、破碎的生活中劳累的农民，没有华丽的装束，没有光鲜的打扮，有的只是生命原始的面貌，他粗糙地生活，用有沙子的手捧起河里的水喝，混着一身汗泥、尿碱和土腥味上炕睡觉，那是淳朴的农民最真实的写照。除了农民，诗人还有一些人物，比如16岁的少年陈红彦、在快餐店前要白开水的父亲和爱面子的儿子、在公交站牌捡垃圾的3岁南方小孩……这些人不是土生土长的抚顺人，但如诗人所说，她对人民的热爱是由赫图阿拉山地，到抚顺的丘陵，到辽沈平原，到整个祖国的。因此诗人把自己于乡土中生发的人民关怀蔓延为作为"土著的，汉族的，中国的"诗人身份进行歌唱。诗人对人民的关怀还表现在对苦难的抒写上。诗人在《大地葵花》中刻画了土著的，或非土著的人物，但是这些人物都有一个共性的词——苦难：深深种植的人民是苦难的。"我听见'劳动'／那是大地膝盖弯曲部分的连续／当一个人垂下头，弓下腰身，

他／使大地敬爱悲悯"。在劳作中弯腰躬身的劳动人民是连大地都敬爱悲悯的灵魂，泥土一样众多的人民遭受着苦难，而当苦难降临时，除了命运，他们别无选择；死去的陈红彦是苦难，更是悲剧。16岁的少年在砖厂被机器撕裂，却没有人听见他的惨叫声。现实的惨烈让稠密的悲痛袭遍诗人的全身，使诗人悲鸣：痛使我坐卧不宁！诗中的这些人物，他们不是英雄，没有特殊的魅力，但诗人正是在平凡中寻找光亮，寻找朴素的生命里鲜活的灵魂；他们的生活并不完美，苦难才是代名词，但正因为苦难才让人醒悟，才让诗人产生巨大的热爱的力量。

而关于诗人对于这些平凡而普通的人物之态度，我们可以总结出一个词：悲悯。诗人对苦难的人民的同情和悲悯、对遭受迫害的农民困境的悲悯和对生命的生存与尊严的悲悯都在诗集中被深情诉说。"植物里断绝的历史／尘埃里深积的人民／那些颂歌衰竭在赫图阿拉"（林雪《大地葵花》）。诗人用歌唱的方式同情遭受苦难的底层人民，以卑微之后，平庸之前的态度悲悯那些尘埃里深积的灵魂，以悲悯情怀抒发对大地上的生命和苦难的关注，表现出具有普遍意义的诗歌精神，这或许就是林雪所言伟大的诗人应该具有的能力："从日常生活中的平庸出发，到达高尚的精神和理想。一只手握住平凡而普通的生存之忧，握住形而下的心灵之碎，另一只手攀越重峦叠嶂，以期到达人性光芒的山顶。"

（节选自《试以＜大地葵花＞为例论述诗人林雪的乡土情结》）

【客座】

YUAN JIN YU

乡土意识的觉醒与诗意的演进

◎袁锦钰

伴随着乡土作家的散失与乡土文学的日渐凋零，文学和乡土的距离越来越远。我们不得不面对的现实是——乡土文学已经面临拐点。诗人作家们和乡土的血缘纽带日渐疏离。曾出身农民的作家们多年难回故土，关于乡土创作的激情也日益减退，难以写出真正反映乡土命运、乡土伦理、乡土情结的作品。

诗人林雪的作品给人以最直接印象与冲击的莫过于——"乡土"。从早期的"朦胧诗"到如今深入生活的乡土关怀，林雪的转变是飞跃式的，是一种延生去旧存新式的"蜕变"。抛弃细碎缱绻的闺阁情愫，诗人将更多的关注投注于更加深沉辽阔的乡土大地。

乡土诗意中的诗人主体性确立

当我们谈论起诗歌与诗歌文本，诗人主体性是我们无法回避的一点。诗人作为诗歌的主宰者，以一己之力构建一个精神的王国、一个思想的乌托邦。因此，在很多诗人的诗歌之中，诗人主体性是外显且无法撼动的。在诗人主体性的具体表现上，除了对于历史和文化的批判，诗人们还在更多追求着诗歌的更高境界——对于人类生存境况的揭示以及对于人类命运的关怀与救赎。当我们谈到林雪的诗歌："我要在石头里坐好 / 成为石膏洞里 / 一簇气泡"（《我的马车带走了哪些词？》），"那些我们看不见的人 / 我们 / 把握不住的事物 / 在对我们的 / 回忆中撤离"（《诗意秧苗》）。在《大地葵花》之中可以清晰地看到，林雪的诗歌中运用了大量"我""我们"等第一人称代词，以第一人称对所见之人事物进行叙述，对个人情感也是直接地进行抒发，诗人主体外显并在诗歌创作过程中得以不断强化。同时，林雪也善于从旁观者的角度、以第三人称视角观察生活，"村庄睡在自己的经验里／河流向右转身／那些避难的人还未返回／被死亡截留的人／还没入睡"（《睡吧，木底》），看似是在讲述他人的事件与故事，但在细致叙述中流露出的上帝视角则从另一个角度加强了叙述者的存在感，并没有刻意地规避与隐藏，使得进行叙述的诗人虽未以第一人称视角直接亮相，诗人主体性却在诗行叙述之中自然得以展露，不断巩固加深，可谓"未谋其面已知其人"。

除此之外，林雪诗歌中的诗人主体性有着与其乡土情结相适应的独特特征。广泛来说，在文本中进行自我形象的塑造使得诗歌主体成为主宰，这是诗人们建构诗人主体性的常用手法。该手法的特征便是以强烈道德感、崇高感凸显存在和自我矛盾斗争，并且使诗人主体符号化。而在林雪的诗歌中，诗人主体性并非通过拔高自身而突兀显现，究其原因便是因为诗人独特的乡土意识为其提供了有力支撑，使其诗人主体性与乡土意识紧密融合，于乡土意识之中显现。林雪在创作中以"赫图阿拉"这一乡土意识的精神标杆作为关切人类命运的根本出发点和落脚点，实现诗人主体与乡土情结自然融合，从而使得自身的创作既具有崇高普世情怀，同时又

以扎根大地的乡土意识持续为这种"悲悯"与"救赎"输送精神给养，使得诗人无论是抒怀或悲叹都显得丰满踏实而不轻飘。诗人主体性也就以这样一种特殊的方式得以建构，同时也成为诗人的乡土意识向着更深远层次进化的途径之一。

乡土诗歌中女性诗格的转变

当我们谈及林雪，"诗人"是她的第一标签，但在此基础上另外一个重要标签也不容忽视——"女性"，这是无论谈及其本人或其作品时都无法规避的一点。在这里"女性"不仅仅是指其生理属性，在涉及其作品时则指向"女性主义"。而林雪在其至今为止的诗歌创作过程中，经历了两次转型与蜕变，其中女性诗格的转变则贯穿了整个过程。

在上世纪八十年代初期，诗人林雪就以《夜步三首》入选了当时轰动一时的选本《朦胧诗选》，这本诗选在当时的地位是历史性的。可以说，林雪在当时以一种使人惊艳的诗人身份于中国文坛隆重登场。尽管林雪在极其年轻的年纪迅速取得了文坛承认，但是在当时百花齐放的"朦胧诗"流派中，相比舒婷、北岛等已被广泛接受和认可的诗人，林雪所处的位置仍相对边缘。不可否认，受年龄所限，林雪当时的阅历与技巧还带有青年诗人身上常见的对于自我的过度关注和视野上的狭窄。但这时其作品中特有的女性的细腻与敏感已经成为林雪重要个人特色，同时也为其之后女性主义觉醒做好了铺垫。

经过一段时间的沉淀与自我精神的深度

探索，林雪创作中的女性诗格已然萌发。正如其自述一般："到了20世纪90年代，我觉得我自己寻找到了一种写诗的语言和语气，即女性经验、意识与角色，女性在社会分工中的理想、心灵、命运和情感。比如我在那个时代的工作、爱情或阅读，一次轻易的离别带来的永诀，在无数夜晚写下的诗篇，忍受过同样的孤独悲伤。这一切都曾经是我心中的诗歌素材，像《微火》《紫色》等参加诗刊社青春诗会时写出，并被称为是女性主义写作代表诗人的代表作。"（林雪、许维萍：《诗歌：对大地和人民的热爱与低吟》）此时的诗人经历了情感的洗礼进而蜕变，与自己的内心在某种程度上达成了和解。在这一阶段，诗人对待生活的态度已经有所调整，并且开始将目光转向了触手可及的日常生活，诗歌中描写的对象也开始有了平凡的人和事。如果说前一个阶段诗人仍飘浮于朦胧诗意的"虚化的"诗情之中，到了这一阶段，诗人因内心精神的扩充与丰满开始向下沉，逐渐开始生长出向大地扎根的根须，女性主义不断成长和完善，同时乡土意识开始觉醒并且日益占据重要的篇幅与位置。

终于，沉浸于"淡蓝色的星"的诗人终于找到了通向诗歌更深处的道路，沉潜多年，诗人林雪迎来了又一次转型，而此次转型也可以看作林雪诗人品格的一次质变。2006年，《大地葵花》集结出版，第二年便获得了鲁迅文学奖。"一个寻找词语／并被诗歌寻找的女人／正在接近／她生命中最后的时光"

（《有生之日》）。《大地葵花》中这些超越了纯粹个人情感经验的诗篇，强有力地证明了诗人林雪已经完成了生命与哲学的伟大相遇，实现了从小我走向大我甚至无我的精神转变。

通过对其女性主义觉醒与女性诗格转变过程的梳理，我们可以清晰地看到，林雪因生命体验的丰富使得女性主义觉醒的程度不断加深，而丰富的生命体验与不断觉醒的女性主义共同作用，促使林雪诗歌创作的核心日益下沉，最终触及深层的乡土意识内核——诗人的乡土情结。在诗人的乡土情结被触发之后，又反过来与已趋向成熟的女性主义相互融合进行补完，而二者补完的成果便是林雪女性诗格的转变。这一转变是以其独有的生命体验对女性主义的多元性、复杂性进行探索与思考，而这一生命体验的精神内核便是诗人的乡土情结。以女性的主体意识融入乡土文学创作，最终实现个人女性主义的真正成熟，同时也从另一角度对诗人乡土意识进行补充与支撑，是对于原本女性诗格的系统升级。在这次转变之后，林雪开始以细腻独特的女性视角讲述广博的乡土故事，实现了女性主义与乡土诗意的完美融合。

"乡村客车"与博尔赫斯式的"小说"图式

博尔赫斯，其存在与作品是公认的20世纪现代主义与后现代主义文学的分水岭。

其在世界文坛上的地位与影响力自不必赘述，且博尔赫斯的作品在中国一经登陆，就立刻在文坛上散播开来，掀起一股巨大的博尔赫斯潮流，引得无数中国文学创作者学习与模仿，对中国文学创作产生了深刻影响。博尔赫斯的出现使得传统文学创作产生了很大的变化，值得一提的是博尔赫斯从一个全新角度打破了文学种类的界限，其短篇小说总是带有诗化倾向与诗意色彩。这已成为博尔赫斯极具辨识度的个人标签。而作为在其影响下成长起来的文学创作者之一，诗人林雪在精神原乡和伟大思想的影响下，孕育出了与博尔赫斯的小说诗化相对应的具有乡土意识的诗歌的小说化。

"东州街到五龙30公里／出城的路啊越走越摇晃／生活啊越来越荒凉"（《乡村客车》），这首诗里仅通过不长的篇幅就生动描绘了挤坐在乡村客车里的人们，诗人基于乘客们的身形与装扮，对他们日常的乡村生活进行了想象性描写。生锈的车体、原乡人的喉音、荆条叶子、晒干的毡靴和乌拉草……几乎没有丝毫多余笔墨，仅通过浑北大地上原生的些许意象，就使得乡村大地上人们生活的烟火气升腾于读者眼前心间，并且在最终呈现出的效果上更胜于冗长小说的铺排叙述，点线成面，于诗行中呈现出博尔赫斯式的精致的小说化。

"诗歌的小说化是一个概括性定义，总体来说，是诗歌从普遍抒情转向后现代普遍叙事的过程"（刘成康《论博尔赫斯小说中

的"嵌套"艺术》）。在博尔赫斯小说哲学的影响下，林雪的诗歌创作中也蕴含着乡土化了的博尔赫斯式的"小说"图式。首先从林雪诗歌的语言上来看，诗歌语言的小说化通常被认为是诗歌的禁忌，但诗人却能用其卓越技巧和细腻感知，敏锐地寻找到二者之间的临界点，使其诗歌语言在诗与小说之间达到一种微妙的平衡，自然流露出"博尔赫斯倾向"。其次，林雪善于在诗歌中构建一个沉浸式"小说场"，而这个"小说场"又通常以乡村为背景，这就要求诗人在诗歌语言的组织上摆脱小说的松散叙述，使得诗歌结构更为紧密和富有"原乡"质感。同时，在有限诗句中承载丰富内容，也要求诗人必须从遣词造句上精心雕琢，使得每一行诗句都蕴藏着巨大信息量，为诗歌在意义上扩容。可以说，林雪的诗歌以赫图阿拉为精神原乡的大地为创作的根基与背景，融合博尔赫斯式的创作手法，共同构建出一幅"乡土小说式"的诗歌图景。

锋线

循环器（组诗）

◎张作梗

[履 历]

最初我只是一个点
一个自足、圆满的存在
世界构成了我的正反两面

后来，拱破自我，我漫溢出去
变成了一条线
一条弯曲、隐匿的线

啊，这是怎样一条线——
震颤如过山车
动荡如大海
起伏逶迤像群峰

第一次，从一条线上
我看见了我的过往
第一次，我感觉到线的束缚、压抑和限制

你说它是生命线我赞同
说它是命运线也行

然而它是从自身抽出的一根线
无所依附但能自我繁衍
草蛇灰线，伏脉千里

没有红绿灯。没有指令。没有摄像头
你来穿越这条线
你就会成为我传记的作者

你若挥刀砍断这根线
你就是我的终结者

一个多雾的暮晚
我挽起这条线，泼洒出去
那线条腾飞、游离、断裂、重组
变成一幅风起云涌的
印象主义立体画。

[循环器]

在一个破碎的循环器内
我总是遇见我自己
那么多破碎的我，几乎像另外一群人
"唯有失去的，才永远属于我；
那从未得到的，
正是我永恒失去的……"

神思恍惚像一扇虚掩之门
总有人吱呀一声推开它，像雨点闪进来
那是过往之我——无数破碎的人
要来从未改革的循环器中
和秒钟掰手腕

那是提供睡眠的床，被循环器撤走床腿
几十个大地坠落
像身体的签名回复

只有来路，没有去途
——循环器循环往复，吞噬了去途
我走哪一条来路都会抵达我自己
风是一条，雨是一条，厄运、破碎和
苦难各是一条

我像风一样蹲下身来
又像吉卜赛人一样，跳上流浪的大地
世界的循环里有我的一份，也有上帝的
那一份，"凡所得到的东西，
皆会悉数失去……"

一个钟形罩，它教会我循环自己
流逝，是唯一能让我们乘坐的车舆。

[空篮子]

1

怎么说呢?
当我挎着一个空篮子持续从别处回来，
我并不感到贫穷和难堪。

这个琳琅满目的世界，我无物可购。
我要采买的东西，
从没生产出来。

让他们满载而归吧。
——我的篮子永远空着，
像一张饥饿的口朝向世界。

2

有关空，没有什么比这只篮子更有体味。
我挎着它站在街头，但不是乞讨，
而是向人们兜售着里面的空。

我兜售晾衣绳上一件旗袍里的空。
——星光下大菜棚里生长的空。
爱过的身体，空如衣冠冢。

雨偶尔会下。雨后的大地一片空蒙。
我挎着空篮子穿过人群，
风将里面的空吹得婆娑生姿。

[留下来]

我可能会像一枚树叶留下来
——以标本的方式。但死亡绝对不是
我留下来的理由
孤独的平面也不是

越过十卷本的田野考察报告，我留下来
——我像火车一样留下来
飞扬的车皮，哐当哐当的青春
啊我仍在梦想的轨道上奔跑
仍不时吐出雾气一样浓浊的嘶鸣
在广袤、结冰的黑土地上

另外的时辰
一个虚拟的浮世绘
我居然像一支歌，留了下来——
旋律铺成浮动的台阶；我可以通过高音
攀至头顶，也可以沿着低音区
下降到我生命的谷底

最后，我肯定会像一粒汉字
独自留下来——但绝不是倚靠我的名字
这速朽的游戏
在水底用众沙子写着字
不，在历经了黥、镂、刻、喷……之后
我会以"人"的形象，继续留存于世
——这简洁、庄重的汉字
像我们的骨骼一样美
像我们的生命一样美

影子的预言（组诗）
◎李郁葱

[冬日的蟋蟀]

你听到的都是冗长的空
重一声，轻一声，你所听到的
在这静夜里，犹如一道彩虹
那些不可能出现的事物
限制着我们：
经验？记忆？来自于日常的
形象，在这鸣叫中坍塌，它从哪里来？
寒露之后的蟋蟀，陡峭之行的涟漪

这是我所听到的，解锁
耳朵里的迟钝。每一种可能的迷途
或者在时间中漏下了微光
翅羽间的振谐向谁而鸣，谁来谁去？

总归有空缺，和在空缺下的
虫鸣之轻微——
痉挛，这声音的孤寂
没有应和，没有撩拨它的触须
声音里的阴影，陷入那奇怪的尖锐里
它声若游丝，不懂得静默的真谛
它想让自己成为霜降的钥匙？

找不见的虫，在砖瓦的罅隙间
在落叶腐烂的大地上
它静静地鸣叫，叫声月光一般
沉浸到我的睡眠中：那么浅的睡眠里
这蟋蟀跳下我的眼睑，化为两行热泪

[鳗]

触摸到那些禁忌，它栖居于动物的
身体里，像一朵暴躁的乌云
从那里钻出来：溺水之物
乡野传说中的膏腴。这蛇一样的身段
蜿蜒出阴冷而贪婪的游弋
在一片平静的水面下，生活总在发声
撕咬、吞咽、咀嚼、排泄……
造就出这曼妙的身影，划开水波
循环往复，正如它们的洄游
这成长的旅程，一个隐喻，接触过
大海却又返回，它无法融入于那种浩渺？
或者它能够接受在这种平静的水下
它所谛听到的？这移民的种族
如果它曾经看到过海上的明月
会比江面上的月光更凉？席卷在

潮水的泥沙俱下里，成熟于这种
旅程：它被端上餐桌，红烧或者清蒸
即使它们中的少数能够放出电来
麻醉那些捕猎者，一种警告？
但饕餮者是安全的，像我童年的时候
在乡下，透过人群的缝隙
那头从河道捞上来的死猪肿胀的肚子里
我看到这黑暗之物扭曲着游出，但它
并没有在风的呜咽声中变形
就像风吹过，我没动，薄薄的影子也没动

[海豚的欢跃]

瞬间即欣喜？如它高高跃起
波浪里有它的脸庞
镜子般模仿着它的姿态和声音

把这隐秘传递下去
它是自己的大海？融入于水
它的浩荡是一阵风的轻抚

如果它爱上的是自己
小的波涛，小的陡峭，小的破碎
失去和挽留，在它一跃的影子里

[小燕尾鸟]

不断摇摆的尾巴，小小的礼貌
出于动物本能的一种姿态
炫耀？或仅仅是笨拙中的表达
像它叫声里藏着的森林
剪去一阵阵风，这雀鸟的喜悦
和我的喜悦是否一样？肉体
能够感知到的这些，在密林之间

它遵循于果腹和饥饿
从清澈的水面上一掠而过
它有点水的心？恍若
一道轻微而不被注意的光
但我看见，在岩石之上
它婉转召唤着那看不见的同伴：
隐形伴侣，它的灵魂有几克
是否比我的更加深邃？
在我不注意的时候，它没入山林

[田 螺]

如何会把它想象成一个姑娘
难道是发髻的形状？它缓慢于水底的轨迹
从容、悠闲，但对于声音
突然中依然有着遽然的抖颤
好像是阴影庞大：对于美好的向往
仅仅是模糊的轮廓，我看到山色苍茫

触角里的小世界？也许我并不能
进入它们的屏障
那种伸缩之间，生命的蜷伏和延展
它的世界是方寸之间的烟火——

它自足于这沟渠中
如果月光皎洁，明月犹如泪滴
能够反复于那些微茫和涟漪
它吞下对于干旱的焦虑
反正它无能为力；吞下泥泞中的
湿润，它的声音没有更多的人可以听见

但想象它是一个姑娘：一道
命运的窄门？涸辙之鲋的江湖之念
饕餮的口中所遗漏下的琐碎之光
幻想、生命，以及绵长的沉默

和电视机在一起（组诗）

◎谢 君

[洗衣机]

我的母亲宽阔像一台洗衣机。
很久以前，我在她身后
和她抬着一台洗衣机
登上了回乡的公共汽车
我就感觉她是一台洗衣机。
但是，好像是为了反驳
我说她一台洗衣机似的
我的母亲又定义了轻。
一叶花瓣闪过橱窗的轻
饭桌上盖着的春夜的轻
有一天我去云南时
把注意安全四个字
反复放我身上的那种轻。
因贫穷而无以激发遐想
只能花掉一生像花掉
一分钱的轻。也许，我的
母亲是一个充满热空气的人。

[和电视机在一起]

在我离开的时候，她说马上回来。
手术以来，我的母亲一天
1440 分钟盯着电视
视力越来越糟
但她只对电视感兴趣
她过得很愉快，因为
有 89 个频道可供选择。
我微笑着说马上回来。
我试图表现出鼓励的样子。
我记得 20 世纪
我们小城伟大的传记之一
在电视刚出现时
有人偷来一台，
然后在晚上专注地观看
百货商店失窃案的新闻报道。
我下楼抽烟，又取水果
然后坐回黑暗中。在我
还是个小混蛋的时候，她肯定
也做过同样的事情，很可能还抱着我。

[我的祖母为我套上衣服]

手臂摇摆着，直到鼻孔浮出毛衣。
然后是棉袄，外套。晨光里
我的祖母为我穿衣，按着扣子
从下往上。她说，如果在学校
不守规矩，把我送给㧟蛇人。
她问，长大干什么。我说不长大。
房门打开了，随之是轻吼的
声音——快点，要迟到了。
我在树下行走，这棵和那棵
都是梧桐树。我在树下长高
这一天和那一天，掠过
山区的飞机都是我的朋友。
我离去了，在雨中。我总在
雨中离开，在船上，火车上
背着旅行——路上小心——
一个声音反复在耳旁灌输。
我迷失在城市，到处大理石
贴面的房子。我抓着方向盘
按着喇叭，唯恐上班迟到
已经那么晚了，不可以迟到。
那一天我扣着衣服，从下往上
哒的一声，一颗纽扣掉落滚动。
当我返回，拖着旅行箱，
村庄还是离开时的样子
书柜里还可以找到一支笔
夹在多年前尚未读完的书中。
现在，我在为她套上衣服
——是的，葬礼很突然。那是我
最长的一天，为了寻找我祖母的衣服。

[杭 州]

一个人在杭州生活就像
在波浪上种一棵树。
就像波浪对树说
你是我的理想。
一个人在地铁上查阅
手机钱包，但从神情看
是钱包在查阅我。
大街上已经没有
什么可以读到秋天了。
路灯亮起，一个人
停在一支乌黑的灯柱下
等待自己忘掉杭州，然后回家。

[慢 三]

家里最温暖的东西是
翻开的一本书的
第 42 页
和压在上面的一盒
泊头火柴，在客厅
绿色绒布沙发上。
1982 就像一朵
淡蓝的燃尽的泊火
永远不会回来了
但我记得，第一次，
他们紧贴，旋转
握住张开的手
不掉落，在我午后
小睡的时间里。
我的父母
让我感觉焕然一新
如果知道我已醒来
舞步就会悄然而终。

宕渠大地（组诗）

◎符纯荣

犹如美人重焕生机——我触摸得到
那绵柔体温，听得见
深藏于阴凉中的情感和记忆

[夜过渠江]

这么多年，未曾细数
从州河到渠江
需要跨越几座桥梁
是否回声旷远，萦绕于浩阔江面

那年。第一次夜过渠江
看见繁星点点
像我俩的爱情
微小，谨慎，闪烁着青涩的火焰

我亲历的，这净如晨曦之爱——
火车撞响铁轨
单调而美好；陌生的夜色
为记忆保持草稿的粗糙

此时此刻，动车飞驰
江水缓慢。你的影子闪过窗外
时光锻打的事物
相安无事。仿佛一切从未发生

[城坝遗址]

现在，橱窗内时序稳重
器物拥怀着旧事的暖
继续醒来。射灯继续投出光亮
巨大触摸屏影影绰绰
继续忙碌于不厌其烦的讲述

最有效的证据，通常就是
眼前物事。铜，铁，陶，玉……

[汉 阙]

精雕细刻中，有盘旋而上的力
——隐逸，持续，绵韧
石的稳重，与日月、星光的轻盈
据说，早已达成水乳交融

宫廷散去，觚筹残损。夕阳
落幕于追逐的过往
某段光阴的孤独，总在无可言说的
言说中，放大欲盖弥彰

故事结局多年。讲古人仍驻守于
惟妙惟肖的表述中
有人前来，风雨便不失时机出现
打动疑问与惶惑参半的内心

绮丽，华贵；清逸，俊秀；抑或
繁复，壮美……铺陈排比也好
遗世独立也罢，即便是一檐斗拱
也有完成重构的功力和精妙

在汉阙之乡，它们身姿挺拔

以不同形状和体量
接纳不同年代的疑问
而修补过的残缺，似乎更容易打通
抵达谜底的路径

城在数千年以远，亦近在脚下
泥土封存的年代序列
将生与死置之度外，将生动与鲜活
置于功能分区，将爱与恨
置于残砖破瓦不动声色的挣扎间

用更多时间，到野外走走
——看够玻璃橱窗的冷
古井，穴墓，墙基，更令人心潮澎湃
泥土中翻新的锈迹
更能为我找回失散的温度

青山在侧，渠江环峙
午后，微雨下过，小船悠悠浮现
流水又将洗濯一遍的故城
是否有那么一个人，安静地等着我
迟滞这么多年
才想起寄出的一封旧信

[三汇古镇]

三江交汇的地方，一定有着
诸多与水相关的秘密
——桥栏恍若失忆。渔火散落远处
江风拂面而过，不露一丝痕迹

一路指指点点，走走停停
楼群将我们淹没，又不断托举
水码头，石板街，陶牌坊……
从嘈杂市声的夹缝，挤出斑驳面孔

古镇的古，在于遗失和留存
于是，有人谈及商贾兴衰、舟楫繁忙
谈及落幕前的川剧高腔
额头随之凸起，找回古戏台的潮红

我从上游到来，为着追逐某种流逝
后来，我舍弃高粱酒、水八块
只带走一瓶老陈醋。是的
一个陈字，对得起过往给我的安慰

[賨人谷]

有时候，石头是孤独的
飞瀑看似长相厮守，实则
头也不回。幽谷与洞天
别出心裁，而祭祀台上的香火
早已把抒情遗失殆尽

石头的硬度与流水的柔软
往往相辅相成。比如
石洞，石床，石碗，石桌
被时间逐一磨去粗砺
边沿，绿苔繁衍，蜗牛以负重前行
释义光阴的缓慢与深长

过賨王洞、啸天石，一角蓝天
显露深意。安于穴居的生活史
以满目修竹茂林
托出同样不乏绮丽的尊严

走出谷底，阴湿的古栈道
明显干爽几分。落水洞大门敞开
我看见溪水行色匆匆
正在把我的脚步声带往他乡

大雅堂

光 谱（组诗）

胡马

[时间的暗门]

多久没见过这么晴朗的天空了？
在肥西，在紫蓬山中
一株油茶花
沿丘陵的峰线结下手印，
将西庐寺的钟声摄入远去的高铁。
秋天的艳阳把我们的足迹
晾晒成沥青和铁锈，
在古道遗留的叶片上恣意涂抹。
那远行北方的名将，名字
曾在寺院的门楣上将日光反射，
遗失在时间洪流里的哀痛
再也荡不起一丝褶皱。
一部大藏经被历史翻至 1864 年：
光影中，暗门虚掩
仿佛汲水的僧人借此出入，进退。
从我身边的黄连树旁经过时，
他脱下太平军的戎装，
在藏经楼和峰回路转中消失了。
废墟上，山门重启
隐隐框住一脉远山的黛蓝，
供后来者研磨王朝尾声的秋意。
铜和白银之间的兑价，
是挂在繁华腰围上的钥匙，
聋子只听见绝美的风铃，
掘墓人听见时间撞响决绝的丧钟。

[光 谱]

汽车蜿蜒升上了山顶

乌云低了两厘米。
某个瞬间从低垂花枝下走过
三月悄然趋近尾声
恍惚有铁锚
带着铁链从天空兜头滑下。
刹那间你终于明白
你们不是大仲马笔下的三剑客
他们惊风急火
身负情债、酒债和命债
在燧石、酒杯和火绳枪之间恣意切换。
你的光谱即将崩溃
等桃花开满以剑命名的山脉
你把墨水瓶推开，推到命运另一边。
回忆曾经拥有的剑
你用它换回一桩锋利婚姻。
透过栅栏你看见一颗苹果挂在树上
那是去年秋天结的。
山路曲折，你曾在梦中蹒跚爬行。
叹息，摇头，眉梢紧锁
俯瞰三岔湖，遥远湖面堆满了
天空的皱纹和忧伤。
如今，你被锯齿割得体无完肤
但，血，是看不见的
它只在黑暗秒针上滴滴答答。
地震用核磁共振放大了平原的病兆
狂草手迹在诊断书上铺展：
内出血，艳若桃花
蚀骨之痛无法通过内循环缓释。

[高槐记]

光线锻造的村庄
将记忆折射
一杯咖啡在午后的托盘上沉默
被风彻底吹凉以前
北纬 30 度吸收了全部香气。

沿城市鼻翼向东
秋天不小心坠入光的果核
这不是幻境这是风
轻轻吹拂高槐
是丘陵和平原又一次脉动
在山海经的册页间蜷缩。
垄上，诗人讲起他的童年奇遇
将记忆导入光的巢穴：
在与人身等高的油菜丛深处
他跟伙伴们捉迷藏
走出藏身地时却忘了回家的路
举臂高呼之际，时光远了
咖啡色鸟群掠过头顶的天空。

[万里桥记]

一杯茶是你给自己的最好借口。
此刻，你的朝向与河流
约等于九十度，你正好可以
透过铁质护栏的缝隙
从侧面观察那片并不辽阔的汹涌
尽管你不会再
像年轻时那样心有所动。
某次，遇到人生坎坷
你和命运之间的夹角不容许你
转弯、逃跑或放弃
如果换作是一条鱼你早就
从这里纵身一跃
游向大海。此时江鸥更不打话
俯冲，斜掠，侧翻，横滚
你羡慕它们或双或单恨它们不能
带你一起远走高飞。
如果与河流保持同一个方向
你会有幸看到铁铸的堤岸
还有三三两两人从此散步经过。
两鬓花白了，你还没有等到

属于自己的辽阔。趁着四下无人
你悄悄骗自己说：
对不起！这都是我的错
我已抵达入海口，但还没望见大海。

每一天的生命
都是动词（三首）

曲近

[每一天的生命都是动词]

没有足够的耐心
你就发现不了世间的神奇
所有的生命
都是动词
只是它们的动作
引而不发，深藏不露，缓慢得
引不起你的关注
但，一夜之间
它们高大了，健壮了
开花了，结果了，生儿育女了
把一个动词演绎得淋漓尽致
这些变化，只有深谙动植物习性的人
才会心中暗喜，且不露声色
陶醉于它们微妙变化的感触
耐心等待一个灵动鲜活的熟稔之季
生命的每时每刻
都在书写一个动词
活灵活现于，清晨的眼眸

[生活熬出的盐粒]

细碎的晶体
一粒一粒
霜一样白
雪一样白
悄然从日子析出
覆盖于我的心上
细品，有
心痛的味道
委屈的味道
眼泪的味道
也有
阳光的味道
花蜜的味道
五谷的味道
这是我，生命里
最后的收获

[读大地书]

我的祖上都是农民
大字不识一个
但并非没有学问
面对大地之书
他们是学生，比我优秀
深知土地的深奥
一生一世，低头弓腰
卑微而不停地研读解析
每一粒石子、细土的形状
都烂熟于心，视如膝下儿女
他们读懂了
每一片花瓣
每一条根须
每一滴露珠
每一次蜜蜂与蝴蝶的密谋

谁也不曾统计
这本书，经厚茧的手
究竟翻阅了多少遍
每翻一次，就是一页
每翻一页，都能读出
崭新的希冀
在他们眼里
每一粒种子，每一棵幼苗
都是读了无数遍的文字
穷尽一生的耕种经验
就是祖辈们最高学历

轻的是流水（组诗）

邓学云

[寻 找]

我在寻找一件许久不见的物品
星期六上午，我在房间里翻寻
打开一个个抽屉，抽出
一本本书。翻出已无墨水的钢笔
生锈的小刀，橡皮泥，三角尺
通讯录，一封没寄出的信，放大镜
匆匆与但丁，史蒂文斯，里尔克
陶潜，李白，王维和苏轼等打个照面
我几乎找遍房间里每个角落
找到许多脱落的毛发，失望的皮屑
蚊子与蟑螂的尸体，还有曾经
找了很久都没找着的一只袜子
干瘪的牙痛，忘了过程的梦魇
褪色的荣誉，流逝的青春

印证人生的各类证书
留在名山大川的短暂足迹
整整一个上午，没找到那件物品
却翻出了自己破碎杂乱的大半个人生
把睡着的时间和记忆唤醒
让现在的自己与过去的我
有了一次不经意的相遇

[深 秋]

一个人不用抬头，也能看到
天空中划过的雁行。深山更深
落叶也重。轻的是流水

烧炭的人进了山
水边槌衣的人，在捶打远去的
背影。秋蛩一声凉过一声

路边的苦楝树瘦得只剩下
一把骨头，天空中漂荡的草籽
还在四下寻找栖息之地

坐在下午的旧时光里
读一本发黄的书，不多久
书中之人就会走出来

待合上书站在窗边
那人已在秋风中越走越远
成为落日里的叹号

[一棵树]

一棵树站在荒凉的旷野
只是一棵

也许曾经不止一棵
只是它们都离开了
或去了远方，或回到山林

它留了下来，默默地站在那
风雨雷电雪，一切的一切
独自承受，也独自抗争

它长得越来越慢，似乎停住了
但歪斜的树干却越发苍劲

它如此孤单与孤独
以至看见的人
都心生怜悯，想上去抱抱它

许多年过去了
又过去许多年。它一直站在那
成为整个旷野的中心

它绿着，四周的荒芜就有了信心
它安静下来，世界一片阒寂

[语文老师]

他让我们每天早上和放学之前
大声朗诵课文。学校坐在山坡上
十几个喉咙，仿佛放闸的水坝
声音冲出狭窄的管道，瞬间
淹没教室，山坡，以及
山坡上蔚蓝的天空
流向田野，黑色的屋脊
从那些劳动的粗糙手背上
阳光般轻轻滑落

小学毕业的他，把从老师那
学到的全都抖落出来
我们是饥饿的小鸡
他倒出一粒，我们啄一粒
即便有霉斑和虫子啃食过的
及至许多年后，才知道
他教的文字很多发音不准

他已离开多年，却还活得很好
活在我们发出的字音里
比许多人多活一辈子

贡嘎山之春（组诗）

熊游坤

[山 行]

路上走着的，都是我的亲人
玛尼堆的经幡
阳光拽着它的无形之根
贡嘎山扔掉冬天的白草帽
丹增站在桃花与梨花交替的垭口

[琢磨桃树]

太阳不是落了，星星肢解它
最美的那一部分
夜太长，其实很好
闲来无事，可以琢磨桃树的急不可待
对于那些必定绯闻的人
需要转经筒一遍遍安慰

[寻找一株楼斗花]

春光加固河床，石头开花如杜鹃
风袭击柳枝的冷脸和手，借机翻遍河山
再蘸着尚未融化的冰河
唱击缶歌

我去寻找一株楼斗花
去年秋天，她从我内心的肩头不慎走丢

[打 围]

重新打围的时候，春天隔开诸多
雷同时节，五月将有三千佳丽
引来九千蝴蝶，一万八千只翅膀同吻一席青山

此刻她们尚未成年，胆怯、热闹，心里有话
不敢对风雨说，我张开一把伞
还要更多的，里面放肉身，也放湿泥马蹄

[吃掉一片草坪以后]

沙棘再绿一程，山里红的心一再探山
春风只是一根返青的竹竿
它们跳动，试图把后山的太阳拧出泉水来

十三楼太高，看不清一只兔子
吃掉一片草坪以后，自己怎么与蝴蝶比翼双飞

致噪音（外一首）

庞洁

楼下的除草机轰鸣
听莫扎特及时阻断不完整的思绪
怀旧在此刻是合时宜的
虽然它已被我纳入
若干个"不必要"的清单

我们也曾那么意气风发
外套上蹭到一点油漆
如同青春痘毫不介意
而今却没力气去打理污垢

翻看自己一年前的诗句
朔风吹散了一些敏感词
另一些，则永远嵌入体内
像暗疾一样随时提醒自己
在黑漆漆的夜里寻找天空的反光
却不与黑暗合而为一

噪音是活着的必须
早晚我们会获取它行云流水的部分
多数人的生活
只是按照灵魂量体裁衣
相比无限涌来的意外的旋律
这低音量的痛苦又算得了什么

[停电夜]

电梯关闭
只好绕到这座大楼背后
从堆满杂物和装修垃圾的昏暗楼梯
一步步往上

二楼川菜馆的伙计正倚着栏杆抽烟
远处的灯火与他烟头的亮光
交相辉映
角落里的泔水桶还没来得及清理
盛着人间的妄念与猜忌
空气中散发的腐臭竟叫人莫名思乡

一座外表恢弘的大楼
因停电突然将人困在它的阴影里
逼仄的灵魂向手电筒致敬
终于来到三楼
一家常去的瑜伽馆
黑暗并不影响冥想
闭上眼睛的黑却不似往日祥和
楼梯间的芜杂挥之不去
它们一直处在黑暗中
仿佛替我蒙羞
而那觉知之光
此刻照耀不到我身体最幽闭的角落
这令我不安
在"控制"与"屈服"中 *
整个晚上都无法专注
一直在担心
待会还要从那幽暗的楼梯再次走下去
仿佛要把活过的痛苦再经历一次

*"瑜伽是控制和屈服之间的舞蹈"（《瑜伽经》）

反复地确认（外一首）

赵建雄

人世间有许多事物需要
反复地确认。比如
风吹的方向，花开的颜色
比如，沉默的大地
弯腰的稻谷。再比如
太阳的冷暖，山河的高低
还有两个人的隔空对语
时间久了，一切都会变得
如此轻薄，不堪一击

你是谁的谁？我是
你的谁？谁是你我的自己
这些似乎都值得去怀疑
语言里的语言，影子之外的影子
一场又一场折子戏紧锣密鼓地上演
出将，入相，生旦净末丑
每一个人都想做回观众
黑白之间，都在反复地确认
编剧和演员到底谁更真实

[黎明时分]

草尖上跳动绿色的火焰。曦光
打开关了一夜的铁门
每一颗星星都闪烁着宁静

初起的春风，吹飞枝头的雪花
夜色粉饰过的苦难，更像是
一只凤凰涅槃千百次后的新生

一些旧事物已然逝去。散落在
昨夜的梦中。一朵朵
雪花，飞舞着呼喊我的乳名

小小的迎春花开满了整个窗台
窗外万物静坐，各安天命
空气中弥漫土地胀裂的声音

把你的黑夜都归还给你
崭新的黎明就给我吧
我是一个何其幸运之人

最好的周末（外一首）

尔东马

最好的周末，应该有秋风
剥去已经发黄的往事

我就躲在书房里，读书，码字
汉字修筑的围墙，是最佳的隔断
把车声隔在外面，把无聊的是非
隔在外面，把糟心的世事和猎人的眼睛
隔在外面。而我，在墙内反躬自省

我也曾经，对一些轻飘飘的事物
用情过深。余生，就在这围墙之内
豢养清风，掘井引泉，擦洗月亮和星星
头顶灰尘堆积太多，就下一场大雪
封存那些美好的过往，或者辜负了的青春

[车身缝隙里的小草]

世界是旋转的，一刻不停
所谓前程，不过是远方的悬念

请让我，坐落于内心的安宁
从时间的缝隙里，获取雨露和光明

风，一阵撵着另一阵
来去，有谁认识头顶飘动的流云

原谅我，小小的肉身卑微
我只需要一段素净而自由的灵魂

万物与虚无（三首）

毛江凡

[松针落地]

无所事事的时候
我就去爬山
找梅岭的最高峰
用一整天的时间
翻越它

疲于奔命的时候
我常常驾车
从山的最底部穿越梅岭隧道
全程只须用时三分钟

徒步在山顶上
我感到了慢带给我的
若松针落地般的宁静
疾行在隧道里

我感到了快带给我的
呼啸和不安

[万物与虚无]

是空赋予了有，是虚无接纳了万物
如果你感知不到虚无的玄妙
那是因为你一直被空包裹
就像鱼被水包裹
风被风包裹
大地被夜色包裹
我们被时光和人世包裹

总有一刻，包裹被打开
里面必将空空如也
虚无必将接纳万物
而空坐拥神秘巨大的力量
让虚无找到了存在的依据
让存在消弭于虚幻的求索中

[远与近]

在电影《极地重生》中
越狱的德国士兵基文斯
面对寸草不生的西伯利亚茫茫雪野
心中只有一个念头：故乡很近
只差一万公里

而多年前，在我的故乡三十六都村
我的奶奶，那个裹脚老太太
常常挂在嘴边的一句话是：
俺的屋里（故乡）老远老远
要翻过两只（座）山头
才能走到哩（抵达）

黄 昏（三首）

黄世海

［卷尺赋］

攥紧自己的长，推开短的重门
向前，知道路途
向后，明白归期
向上，知道自己要多高有多高
向下，始终把自己降到低点
向左向右，都是人生
一旦伸头，无论是丈量
昨天的厚重
明天的长短、宽窄、高低
都清清白白
即使缩头，也胸怀内敛
它的分量，总是让人捉摸不透

［黄 昏］

阳光变轻了，所有的炊烟
朝向最高的山峰，靠在一朵云上
倾听落日离别的余音

花朵举起含苞的姿势
亮出比时光更深的纹理
牛羊走在斑驳、泥泞的小道上
它们的叫声，从未止息

从黎明到黄昏
飞翔的鸟，展开翅膀，接近晚钟
牧童吹着口哨，坦荡、纯粹

黄昏的漫天金晖

是绢一样柔润，芒一样粗砺的
晚霞之光

［线装书帖］

一些繁体字
捆扎在纸张之内，布满冷兵器
时代的疤痕与干枯的血

要读完全书，需要
抛光那些废弃的战车、大刀
长矛上的锈迹。几百年来
文字看似完整、威武。事实上

细微之处，仍是漏洞百出
从左至右、从上到下
没有一个标点。而我，早就习惯了
走走停停

也许，我要回到古代
并盘腿坐着
才真正有勇气
和你面对面，摇头晃脑，一字一句
大声吟唱

但现在，我羞于启齿
向你道出，还有好多的繁体字
我都不认识

威士忌：
单一之晨（外一首）

李 政

高地的山间　低地的洼垄
一株麦芽的诞生　隐藏着完整的春天
春风叫醒　春雨提携
拱动头顶的泥土　在裂缝处

与春光衔接　心无旁骛
向上挺进　努力想交出
瘦削身体内　仅有的糖

这多像一个晨光中的少年
生活在单一的小镇　形单影只地行走
不明白　接下来的颠沛流离
只是一场时间的酝酿

直到坦然接受事物弯曲的部分
如同接受橡木桶的腰线　嘈杂的中年日常
一朵液体的火焰　带回那些明亮而雀跃的早晨

[威士忌：调和正午]

芝华士兑红茶　黑方加冰
失眠加脱发　喧嚣嘈杂里加入　少许沉默停顿
旧日子兑新日子　生意兑交情

摩天楼前　正午投下最小团的阴影
浑然不觉从中经过的人们
接受着明暗光影的切割与调和
然后头也不回地　走入各自的日常细部

给惯性的言词之轨　加入一滴反讽
给下午的倦怠世界　回调一些晨起的新鲜
这阵路过正午的风　正在注入黄昏的云团与鸟群

搅动杯底清澈的旧梦影 加入
一路高低行来的经年风尘
接受调和 获得中年的准入证

鼹 鼠（外一首）

李章斌

一只鼹鼠回到家里
杯子，茶壶，小碗和玉米
回应着灯在打开时的尖叫
门关上，又齐齐陷入沉默

一只鼹鼠打开冰箱
牛奶，冷饭和香肠
面包的影子生出了冻疮
杯子忍住了哭声

一直鼹鼠回到
只有一只鼹鼠的家里
仿佛在空气中挖掘
一个玻璃的洞穴

[无 题]

那夜你是巨大的向内吞咽的花朵
我是悬崖边上一个向下跳跃的动作

清晨你怀抱苦涩的枝叶走进霞光里
而我看见缀满果实站在风中的一棵树

鹰 飞（外一首）

扎西尼玛

一只鹰，打开双翅
小城上空盘旋
平行的毛笔一样，书写着什么
却没有留下任何字迹

它用柔软羽毛的抹布
擦去蓝天的尘埃，夜晚来临后
星星的眼睛，才不会模糊

有时候，它幻化为静止的渔翁
似有超强力量，垂钓林立的高楼
光与影子编织的世间，那些迷路的人
咬住了鱼钩

它也是一位测绘大师
内心悬挂一张彩色地图
朝着雪山拨转的翅膀
导航故乡的方位

[听 见]

听见鸟鸣，如清脆的闹铃
唤醒晨曦
早起的跋涉者爬上山顶
推动金色磨盘

以秒针行进的节奏磨制光芒

听见市声喧嚷，红铜脸庞明亮
发动机亢奋，铁甲虫拉运众人的繁忙
草原的河流，把哗哗的银两
送往四面八方

听见飞机轰响，长云白发苍苍
一枚银针穿过心房
大雁飞走了啊，雪山留居故乡
敬献给恩人的颂歌
在双手捧举的哈达上飘扬

康乐路的
傍晚（外一首）

江维中

康乐路的夕阳翻过铁栅
落在，福利院操场的单杠上
陪一个小孩，打起跟斗

转了一圈，天空似乎暗了一点
又转了一圈，康乐路的脚步多了一点

渐渐，暮色被人行道树霸占
人行道树被脚步霸占
脚步被福利院的操场霸占
福利院的操场被一个孩子霸占

那扇还没点亮的窗

97

屏息，注视着

[预言]

墓，三棵苦楮树
两件毫不相干的事物，相逢
八百年前，伯温先生是否算过

凌霄花的缠绕，松枝
搁在嶙峋的词眼上，被雷
劈得面目全非
残骸执意被异物依附
养活，预言的线索

应证或许是后来者的捉弄
事后诸葛亮，造就
苦楮树的奇迹

夕阳拜过山门，读
郁离子长廊上许多字不识

失眠者（外一首）
解志荣

月光之网
打捞失眠者的灵魂

我不想睡去
是不想跟你去第七维度
在那里，我再也见不到
愚公移山，听不到风声鹤唳

行星上的人心
比地球上略微干净一些
宇无边，宙无垠。我用
两个数字，定位你的
轨迹

如果婴儿降生
此时星空的绝对位置
决定一代人的命运

射线辐射，陨石碰撞
星河，也是从西向东流？
河中间也有一座小岛？

万物终究顺流而下。
今晚的牙疼摄人心魄。

[宽恕]

一根白发对肠胃的刺激，轻柔
而直接。我的衰老过程荒腔走板
已经漫不经心地踉跄了的中年时分
必须承认，
我当堂吉诃德的长矛都不够格，
只能以小丑的形象屹立不倒
你知道吧，小草有小草的语言
大象有大象的悲喜，我只不过
想着与它们同频，与它们共情
我养鱼种花喂狗植树看护藏羚羊
救起一只迁徙中掉队的候鸟
在这薄情的世界喷薄站立
发生更多生命之间的联系
我砸了狩猎者的枪毁了捕鱼者的网
我站在街头做一尊被人唾骂的雕像
与我青灯素影终日祈祷的母亲一起
用积累半世且总重只有一毫克的慈悲
换取天地对人类一毫秒的宽恕

一只鸟飞过地球

李 成

一只鸟飞过地球
像一个黑色的念头

一只鸟飞过地球
地球孵化出一个梦?

一只鸟飞过地球
在无声无息的地球上
烙下一道阴影

那阴影很深
贯穿了我的心灵

我看见那只鸟
消失在远空

那只鸟是第一只
还是最后一只

地球无声无息地转动——
但未必无动于衷——

小麦色

河畔草

去年我路过这片麦地
青绿的麦苗在灰暗的山谷里燃烧

拨开地埂边一棵枣树的枝条
看见五月走在远处的路上
麦芒泼辣，麦穗金黄
小麦色的皮肤散发着淡淡的清香

今年我又路过这片麦地
青绿的麦苗依旧在灰暗的山谷燃烧

麦地里却多了一座坟墓
光秃秃的坟头，苍白的墓碑
瞬间让我在起伏的麦苗前失语
拨开地埂边枣树的枝头

五月正走在远处的路上
一句话突然涌上喉间：
五月，请记得，给这苍白的墓碑
穿上一件小麦色的衣裳

清明，为父亲画菊

源 麟

清明的天空再也撑不住，这
人间浓稠的忧伤

滴滴答答声中，我的画笔涂鸦不出万紫千红
唯有菊花能在水墨中盛开

月色早已无踪
父亲携带细雨归来，身影在宣纸上摇曳
哦！爱菊的父亲
今夜，让我为您画菊

菊花不大，朴素而低调
像极父亲的人生

鲜花为你盛开

莫喜生

失去双亲和弟兄的苦难悲情
化作满腔热忱。二十岁的身躯
已温暖一个国度。你前行的手电
夜色中撑起的伞，何止是遮挡风雨
更多的是为我们后来者坚定信心

青松翠柏，钢枪，风雪帽
甘愿做一滴水和一颗螺丝钉
滋润他人心田，锁定大厦基脚
日历上缺少你的红色标注
但三月所有的节日都比你逊色

一百人有一百种不同的活法
你短暂的生命却是亿万人的标杆
走过严寒酷暑，来去烟雨朦胧
六十个春天。满树鲜花为你盛开

像刺猬打开自己的刺

小语

板栗从树上跳下来问
回家的路有多远，风说
撂荒的艽野与卡口知道

板栗像一只刺猬打开自己的刺
掰着指头用最简单模式算出
回家的路等于一道又一道"不准通行"之卡口叠加

板栗回不了家，长出毛乎乎的胡子
卡口就成了无数人的家
守口者小憩的木床是板栗用野生的壳铺就
针毡等着风说话

风说，别老想着别人为你打开卡口
莫名其妙地关心你的果核

听完风的话我手里的板栗散落一地
甜的，加了蜂蜜的板栗与光泽
在这飕凉飕凉的晚秋
真的像一只刺猬打开自己的刺
路见锋芒
而我又缩不回去

子美逸风

朱夏楠诗选

◎朱夏楠

[赴鲤城途中遇雨]

明月孤悬照大荒，万般径流入哀肠。
闲言非关寂寞事，谈笑只在乌有乡。
行如潮水任舒卷，境随樗木早彷徨。
昨夜忽逢千家雨，几人识得旧海棠。

[赴杭城途中梅雨将至]

青灰隐隐落江洲，草木披离聚还幽。
远目无由凭春老，短篷随意傍花流。
鹧鸪尽啼梅子雨，箫声重上秦娥楼。
苍苍唯有月色旧，朝夕明晦自悠游。

[夜半沙堤村听雨]

青雨重重透石凉，芙蓉凋散难为裳。
抱残逐流任来去，持心忍节若枯僵。
天涯无处可为冢，徒留旧梦作故乡。
老槐轻悬蛛网细，曾是伊人贴花黄。

[灯会无灯，怅怅然而返]

寒江默默带春流，清辉朗月未满舟。
青峰一辞绝旧迹，花市三寸惹新愁。
忍看诗稿余灰烬，尚有轻烟绕白头。
纵使长风凋良夜，更送华翠满高楼。

廉钢生诗选

◎廉钢生

[流沙外遐想]

黛眉何不锁，闪亮一双眸。
皓齿排排露，红唇楚楚匀。
楼兰传美女，夏日见并州。
举手撷花雅，提裙宫舞柔。

[有 悟]

窈窕何趁愿，气质后来修。
善恶能分辨，诗文知劣优。
人贤思养德，智蠢会蒙羞。
大道行天地，当循莫落沟。

[从容四季]

秋深红谢失繁荣，转眼河流漂落英。
雪压苍松飞鸟去，风摧黄苇放哀鸣。
寒冬终结芳春至，枯树返青娇蕊生。
万物逢时谁可抑，天行有道自分明。

[春日花明（新韵）]

可心寻觅总留憾，佳色相逢偶遇间。
千日用功求不得，一时无意笑跟前。
春归大地生机动，阳照苍穹淑气翩。
茁壮禾苗欣起绿，葳蕤草木正花妍。

赖金学诗选

◎ 赖金学

[夏 情]

荷塘碧水动鱼波，柳树枝头鸟唱歌。
朝日已无清爽意，伊人浅笑撞心锣。

[叹 花]

夏日百花竞绽开，农家月季醉心怀。
寻香拈露酝诗意，岁月无情忧自来。

[琴台故径]

晚闲晨开赏野花，听风沐雨鸟声佳。
琴台炼句圆新梦，酌酒蜀都不返家。

[海棠吟]

寒冬不冷似逢春，但见海棠尤觉亲。
莺语花香迷乱处，初心诗韵映佳人。

[东山杏都]

东山杏子特香甜，小满寻芳碧树间。
若问夏来何处耍，福洪乡里望清泉。